馔

我的大学

[苏联]马克西姆·高尔基 —— 著

陆桂荣 —— 译

中国友谊出版公司

图书在版编目（CIP）数据

我的大学 /（苏）高尔基著；陆桂荣译. -- 北京：中国友谊出版公司，2011.9（2023.3重印）
ISBN 978-7-5057-2898-1

Ⅰ.①我… Ⅱ.①高… ②陆… Ⅲ.①长篇小说-苏联 Ⅳ.①I512.45

中国版本图书馆CIP数据核字(2011)第187341号

书名	我的大学
作者	[苏联]马克西姆·高尔基
译者	陆桂荣
出版	中国友谊出版公司
发行	中国友谊出版公司
经销	新华书店
印刷	北京通州皇家印刷厂
规格	889×1194毫米　32开 5.75印张　114千字
版次	2012年10月第1版
印次	2023年3月第6次印刷
书号	ISBN 978-7-5057-2898-1
定价	42.00元
地址	北京市朝阳区西坝河南里17号楼
邮编	100028
电话	(010) 64678009

版权所有，翻版必究
如发现印装质量问题，可联系调换
电话 (010) 59799930-601

马克西姆·高尔基
1868—1936

无产阶级作家,社会主义现实主义文学的奠基人。

我终于乘船去喀山大学上学了①。

我想上大学的念头是受了一个叫尼·叶夫列伊诺夫的中学生的开导而产生的。他是个可爱的青年,长得又漂亮,有一双女性的温柔可亲的眼睛。当时他和我住在同一幢房子里,他住在阁楼上。他常常看到我手里拿着书本,这就引起了他对我的注意,于是我们就认识了。不久,叶夫列伊诺夫就让我相信:我有"罕见的科研能力"。

"您天生是为科学服务的!"他对我说,同时潇洒地甩动着他那马鬃似的长发。

那时候我还不懂得,即使是个只起着家兔作用的人也能为科学服务的。可是叶夫列伊诺夫如此令人信服地向我表明:大学里正需要我这样的小伙子。不消说,米哈伊尔·罗蒙诺索夫②的阴魂也被惊动了。叶夫列伊诺夫说,我去喀山后可以住在他那儿,用一个秋季和一个冬季的时间,我就能完成中学的课程。只消考好"随便几门"课程(他

---

① 时间大约是在1884年夏末或初秋。
② 罗蒙诺索夫(1711—1765),俄罗斯著名学者、诗人。

是这样说的："随便几门"），大学里就会提供我助学金，再过那么五年工夫，我就可以成为一个"学者"了。所有这一切看来都非常简单，因为叶夫列伊诺夫那时只有十九岁，而他又有一颗善良的心。

他考完试后，就离开这儿了。过了两周，我随他之后，也动身了。

我外婆送我时劝告我：

"你啊，不要再跟人家斗气了，你老是使性子，又厉害又高傲！这都是外公传给你的。可你外公算什么？这苦命的老头子，活着活着，结果成了个大傻瓜。你要记住一件事：上帝不判断人们的是非，只有魔鬼才喜欢干这事呢！好啦，告别吧……"

她一面擦去她那褐色的、松弛的脸颊上的寥寥几颗眼泪，一面说道：

"我们再也不能见面了。你这个坐不住的孩子呀，要远走高飞了，可是我呢？我就要死了……"

前段时间，我离开了这个可亲的老人，甚至很少和她见面，此时此刻，我突然痛苦地感觉到，以后我已经再也见不到这个如此贴心的亲人了。

我站在轮船的尾部，瞧着她在那边码头的边缘，用一只手在自己身上画十字，另一只手拿着旧披巾的角擦着她的脸和那双充满着对人们无限怜爱的光芒的黑眼睛。

于是我就到了这个半鞑靼式的城市，住在一座狭小的平房住所里。这座小屋孤零零地屹立在一条陋巷尽头的小土山上。小屋的一堵墙对着那片荒凉的、失过火的场地，在这片荒地上，长出了密密层层的野草，在长着苦艾、牛蒡和酸模的杂草丛中，接骨木的灌木林里隆起一片砖瓦建筑物的废墟，废墟下面有一个非常大的地窖。一条条无家可归的狗栖息在那里，也死在那里。这个地窖我将永志不忘，它是我所上的几所大学中的一所。

叶夫列伊诺夫一家（他母亲和她的另外两个儿子）以少得可怜的抚恤金为生。在刚到这儿的最初的日子里，我不时看到这个脸色苍白而又瘦小的寡妇从市场回来，把买回的东西摊在厨房里的桌子上，她十分困窘，发愁地算起了一个难题：怎样用这些小块的肉为三个身强力壮的小伙子，即使不把她自己算在内，做顿有足够数量的美餐呢？

她沉默寡言，在她那双灰色的眼睛里，凝集着宛如一匹耗尽全力的母马那种绝望、温驯而倔强的劲儿，这匹可怜的马儿拉着火车上山，它知道："我拉不动了"，可是它仍然在拉着！

在我到这里的第四天早晨，我到厨房里帮她洗菜，当时孩子们还在睡觉。她低声而谨慎地问我道：

"您来这里干什么？"

"来念书，上大学。"

她扬起双眉，连同脑门上发黄的皮肤一起向上挪动，一不小心，菜刀切破了她自己的手指；她一边吮吸着伤口的血，一边坐到了椅子上，但立即又跳了起来，说道：

"啊，见鬼……"

她用手绢裹好切伤的手指，接着夸奖我道：

"您削土豆真在行。"

是啊，还能不在行！于是我把曾经在轮船上干活的事讲给她听。她问道：

"您以为，凭这点本事，您就能上大学了吗？"

那时候，我对幽默一窍不通。我非常认真地对待她的提问，讲述了我的行动步骤，我完成计划之后，科学殿堂的大门就会在我面前敞开的。

她叹了口气。

"啊，尼古拉，尼古拉……"

这时，尼古拉到厨房洗脸来了。他睡眼惺忪，一头乱发。他总是乐呵呵的。

"妈妈，能包顿饺子吃就好啦！"

"嗯，好吧。"母亲同意地说道。

我想炫耀一下我对烹饪的知识，便说道："这肉做饺子不好，并且也太少了。"

瓦尔瓦拉·伊万诺夫娜立刻大发雷霆，对我说了一句很厉害的话，以至于我双耳充血、发胀起来。她将一把胡萝卜扔到桌上，离开了厨房。尼古拉向我挤了挤眼，解释她的举动：

"情绪不好……"

他在板凳上安坐下来，接着告诉我：女人，总而言之，都比男人更神经质，这是她们的天性。有一位名望很大的学者，好像是个瑞士人，对这一点作过无可争辩的论证，英国人约翰·斯图尔特·穆勒[①]对这个问题也谈了一些类似的见解。

尼古拉很喜欢教导我，于是他就利用每一个适当的机会，给我灌输一些生活中不可缺少的知识。我如饥似渴地听着他的话。后来，我

---

① 约翰·斯图尔特·穆勒（1806—1873），英国经济学家和哲学家。

竟把佛克、拉罗士佛克和拉罗士查克林①三人混成了一个人。我也记不清是谁砍了谁的脑袋：是拉瓦锡②砍了杜模力③的脑袋呢，还是恰恰相反呢？这位漂亮可爱的青年真诚地希望"把我教育成人"，他很有信心地向我保证要这样做。但是他没有时间，也没有其他应有的条件来认真地教我。他那少年的轻率和自我陶醉使他看不见母亲是怎样使尽全力、煞费心机地支撑着家庭。他的弟弟是个沉默寡言、难以共处的中学生，就更觉察不到这一点了。而我早已对厨房经济和化学的复杂戏法的微妙了如指掌。我清楚地看到这个女人随机应变的本领，她不得不天天欺骗自己孩子的肚皮，并且还要喂养我这个其貌不扬、举止粗野的外来年轻人。自然，分给我的每一片面包，就像一块石头那样沉重地压在我的心头。我着手寻找工作，不论什么样的工作。一大早，我就离开家，为了避免吃闲饭，遇上恶劣的天气，就躲进那荒地上的地窖里，坐在那里听着倾盆大雨和呼呼的风声，嗅着死猫死狗的臭味，我很快就领悟到：上大学——这只是个梦想而已，如果当初我去了波斯，也许会明智多了。于是我就把自己想象成一个白胡子的巫师，一使魔法，就能让谷粒长成苹果那么大，能让土豆长到一普特④重。总而言之，我为了这大地，为了这不仅是我一个人走得极度艰难的大地，臆想出了不少造福于民的事来。

我已经学会了幻想一些异乎寻常的奇遇和伟大的献身行为。在生

---

① 佛克（1819—1868），法国物理学家。拉罗士佛克（1613—1680），法国作家。拉罗士查克林（1772—1794），法国大革命时期保皇派首脑。
② 拉瓦锡（1743—1794），法国化学家。
③ 杜模力（1739—1823），法国大革命时期的将军。
④ 1普特合16.38公斤。

活艰难的日子里,这些幻想对我很有帮助,因为艰难的日子太多了,所以我更加善于幻想了。我并不期待他人的援助或希冀于幸运的机遇,我的意志逐渐磨炼得顽强起来,生活条件越困难,我就觉得自己越坚强,甚至越聪明了。我很早就已懂得:人是在对周围环境的反抗中得到造就的。

为了不挨饿,我经常到伏尔加河的码头上去,在那儿可以很容易地挣得十五到二十戈比的工钱。在那儿,在那些装卸工、流浪汉和痞棍中间,我感觉自己是一块被投进烧红的煤炭里的生铁。每日,我脑海中充满了大量强烈的、火辣辣的印象。在那儿,那些赤裸裸地贪求的、生性粗鲁的人们在我面前旋风般地转来转去。我喜欢他们那种对生活的憎恨。喜欢他们对世界上的一切所持有的嘲笑和敌视,对自己却无忧无虑的态度。我以往的亲身经历驱使我和他们接近、投入到他们那个颇富刺激性的圈子里去的愿望油然而生。我曾经读过的勃来特·哈特①的作品和大量"低级趣味的"小说更激起我对这个阶层的人们的好感。

有一个叫巴什金的职业小偷,曾经是师范学院的学生,而今穷途末路,还患有肺病。他巧舌如簧地开导我:

"你怎么像个姑娘,老是畏畏缩缩的,你是否害怕失去童贞?对姑娘说来,贞操是她全部的财富。可对你说来,那只不过是个枷锁罢了。公牛倒挺规矩,那是它吃饱了干草的缘故!"

巴什金有一头浅棕红色的头发,像演员那样把脸刮得光光的,他那矮小的身材,机灵柔软的动作很像一只小猫。他以教师和保护

---

① 勃来特·哈特(1839—1902),美国小说家。

人的态度对待我,我看得出,他是真心实意地希望我获得成功和幸福。他很聪明,读过不少好书,最喜欢读的是《基督山伯爵》[①]。

"这本书中既有目的,又有真情。"他说道。

他很喜欢女人,谈论起女人来津津有味,兴高采烈,那衰弱无力的身体也痉挛起来;这种病态的痉挛使我感到厌恶,然而我还是注意地听着他的谈论,觉得他的话语十分优美动听。

"娘们儿!娘们儿!"他唱歌似的说道,蜡黄的脸上泛起了红晕,他那双黑黑的眼睛闪烁着赞赏的光芒,"为了娘们儿,我任何事情都肯干。对女人来说,这像魔鬼一样,根本不存在罪孽!再也找不到比活在世上爱恋着女人更好的事啦!"

他是一个很有讲故事天分的人,并且还能不费吹灰之力,就为妓女们编出一些歌唱不幸爱情的扣人心弦的哀歌。他的歌曲唱遍了伏尔加河沿岸的各个城市。一首广为流行的歌曲就是他创作的:

> 我家一贫如洗,我又不美,
> 粗衣淡饭,不穿绫罗绸缎。
> 仅仅为这,贤惠淑女
> 难结良缘……

有一个搞黑行当的人,叫特鲁索夫,他待我也很好,这个人相貌端庄,穿着讲究,有乐师那样纤细的手指。他在舰船修造厂区开了一个小铺子,挂着"钟表匠"的牌子,然而干的是销赃的勾当。

[①]《基督山伯爵》又译作《基督山恩仇记》,法国作家大仲马(1802—1870)的作品。

"彼什科夫,你可不要去学那些小偷小摸的混账事儿!"他微微眯起他那狡猾而果断的眼睛,神气地捋着斑白的胡须,对我说道,"我看得出来,你走的是另一条路,你是个看重精神生活的人。"

"看重精神生活是什么意思?"

"就是说,看重精神生活的人对任何东西都没有羡慕心,只有好奇心……"

这样说我是不正确的,因为我对许多人和许多事都很羡慕,顺便提一提,巴什金那奇特的诗歌般的调子,出人意料的比喻和用词,他讲话的才能,就使我羡慕不已。我记得他讲的一个爱情故事的开头是这样的:

"一个朦朦胧胧的夜晚,我像一只伏在树洞里的鸮,待在穷困偏僻的斯维亚日斯克城的旅店里。正当秋季,十月份,下着绵绵细雨,风儿不时吹刮,像一个受了委屈的鞑靼人在慢声唱着没有尽头的哀歌:噢—噢—噢—呜—呜—呜……

"……瞧,她来了,她步履轻盈,肌肤红润,宛如日出时的彩云,她那纯洁的眼神却是伪装的。她以恳切的声音说道:'亲爱的,我没有对不起你。'我明知她在撒谎,却相信这是真话!凭理智我知道得一清二楚,而情感上我怎么也不相信她在骗我!"

他一面讲着,一面有节奏地摇摆着身子,眼睛半开半闭,不时用手轻轻地摸摸自己的心窝。

他的声音低沉沙哑,但是所说的话语却娓娓动听,有如夜莺的歌声那样扣人心弦。

我也羡慕特鲁索夫。这个人特别有趣地讲述西伯利亚、希瓦和布哈拉,非常气愤地嘲笑高级僧侣的生活。有一次他竟神秘地讲起沙皇亚历山大三世：

"这位沙皇干自己的事儿是个能手！"

我觉得特鲁索夫很像小说里描写的一类"坏人"，小说结尾时，出乎读者意料之外，这些"坏人"竟变成了宽宏大量的英雄人物。

有时候，在闷热的夜晚，这些人渡过喀山小河，来到对岸的草地上和灌木林里，在那儿一面吃喝，一面交谈着各自的事情。谈得更多的是有关生活的错综复杂，奇怪的人际关系方面的纠葛等等，对女人更是大谈特谈。他们怀着愤恨、忧伤的心情谈论女人，有时谈得感人肺腑；他们几乎总是怀着一种向黑暗窥视的感觉——在那黑暗中充满了非常可怕的意料不到的事情。在那星光暗淡的黑色天幕下，浓密地长满柳丛的闷热洼地里，我和他们一起度过了两三夜。这儿临近伏尔加河，因此夜晚空气很湿润，船上的桅灯酷似一只只金色蜘蛛在黑暗中向四面八方爬去。在那黑压压一大片岩石河岸上，闪现着一团团火球和一条条火龙，这是富庶的乌斯隆村里的饭馆旅店和村民住房的窗户发出的光亮。轮船的轮片打击着河水，发出低沉的声音，水手们在驳船队上，异常紧张地狼嗥般吼叫着，某处有人一边用锤子敲击着铁板，一边拉长了声音凄凉地歌唱，稍稍地排解着心灵的忧伤，歌声给人们的心头蒙上一层淡淡的忧愁。

更令人怃愁的是听着这些人低声倾泻内心的话语——他们思考着生活，各自诉说自己的事情，几乎谁也不听谁的。他们在灌木林里或是坐着，或是躺着，吸着烟卷，偶尔（不贪婪）喝一点伏特加和啤酒，然后他们追溯着一件件往事。

"瞧，我经历过这样一件事。"黑夜中，趴在地上的一个人说道。

听完了他所讲的事情，人们都同意地说：

"常有这样的事，都是常有的事……"

"有过"，"这是常有的"，"有过不少呢"，我听着这些话，觉得今夜人们已经活到了生活的尽头，一切都已经有过，再也没有什么可期待的了。

这使我和巴什金和特鲁索夫疏远起来，然而，我还是喜欢他们。根据我的经历来推理，如果我和他们走同一条路是十分自然的。我那向上爬和上大学念书的希望受到了凌辱，在这种情况下，我跟他们靠近起来了。在那饥肠辘辘、满腔愤怒和苦恼烦闷的时刻，我觉得自己完全能够去犯罪，不仅仅是去反对那"神圣的私有制度"。然而，青年人的浪漫主义不允许我脱离我注定要走的道路。那时候，除了人道主义的勃来特·哈特和一些"低级趣味的"小说以外，我已经读过不少严肃的书籍，这些书鼓励我去追求某种还不十分明确的东西，这个东西比我见过的一切具有更重大的意义。

就在这个时期，我又认识了几个人，得到了一些新观感。一群中学生常常到叶夫列伊诺夫住所旁边的空地上来玩击棒游戏。其中有个叫古里·普列特尼奥夫的中学生深深地吸引了我。他那黝黑的皮肤，有些发青的头发，很像日本人。他满脸雀斑，仿佛脸上擦进了火药末似的。他总是高高兴兴的，玩起游戏来很机灵，谈起话来很俏皮，他身上充满着各种天才的幼芽。他差不多跟所有富有才华的俄罗斯人一样，以天赋的才能过日子，不再想努力去提高和发展这些才能了。他具有敏锐的听觉，对音乐有着极其高超的鉴赏力。他爱好音乐，能够像演员那样演奏古斯里琴[①]、三弦琴和手风琴，却不想去学更高难的乐

[①] 古斯里琴是俄国古代的一种弦乐器。

器。他很贫穷，没有一件好衣裳，然而，他那皱皱巴巴的破衬衫、缀满补丁的裤子以及千疮百孔磨坏了底的靴子与他那豪放的性格、瘦削身材的麻利动作以及大幅度的手势非常相称。

他像一个得了长期重病之后刚刚康复的人，或者像昨天才从监牢里释放出来的囚犯。生活中的一切，对他来说都是那么新鲜、惬意，使他感到热闹快乐，他跳跳蹦蹦，活像满地飞蹿的花炮。

他得知我生活困难，处境险恶，于是建议我搬去和他住在一起，并且劝我去当乡村教师。于是，我就住进了这个奇怪而快乐的、叫作"马鲁索夫卡"的贫民窟，大概不止一代的喀山大学的学生熟悉它。这是雷布诺里亚德街上一所年久失修、破破烂烂的大房子，似乎是那些挨饿的大学生、妓女和被时代淘汰了的无用人的幽灵从房主那里夺过来的。普列特尼奥夫住在从走廊通到阁楼的楼梯底下，那儿放着他的一张单人床，在走廊尽头的窗户旁边摆着一张桌子，一把椅子，这就是他的全部家具了。这条走廊通着三间屋子，两间屋里住着妓女，第三间里住着一个害痨病的、教会学校毕业从事数学研究的人。他又高又瘦，瘦骨嶙峋得几乎令人害怕；浑身长满了浅浅的棕红色硬毛发，肮脏的衣服勉强遮盖着身子；从衣服的破洞里露出可怕的微微发青的皮肤和骷髅似的肋骨。

他好像只是靠着吃自己的指甲过活——把指甲啃得快要出血了，他日日夜夜地制图、运算，不断地咳嗽，发出低沉的咆哮声。妓女们认为他是个精神失常的人，都很怕他，然而出于怜悯，常常在他的门口悄悄地放上一些面包、茶叶和食糖，他就把这一包包的东西从地上捡起来，拿回屋里，一面呼哧呼哧地喘着气，犹如一匹疲劳已极的马似的。要是她们忘记了或者由于什么原因不能给他送礼物来，他就打

开房门,朝着走廊沙哑地喊叫:

"拿点面包来!"

在他那双眼窝深陷的黑色眼睛里,闪耀着幸福狂热者自命不凡的骄傲神色。偶尔有一个矮小的驼背客人来看看他,此人长相丑陋,一只脚向外翻着,肿胀的鼻子上支撑着一副深度的眼镜,头发花白,在他(阉割派教徒①)蜡黄的脸上呈现着狡猾的微笑。他们紧紧关起房门,在奇怪的宁静中,默默地待上好几个小时。只有一次在深夜里,这个数学家沙哑的怒吼声把我惊醒了:

"我说——这就是监狱!几何学——是鸟笼,是的!是捕鼠器,是的!是监狱!"

驼背的丑八怪那尖细的嗓子发出嘻嘻的笑声,反复地说着一个奇怪的词儿,可是这个数学家突然吼叫起来:

"滚蛋!滚!"

他的客人滚到走廊里,愤恨地嘟哝着,时而尖叫几声,裹上了宽敞的披风,这时瘦高而又可怕的数学家站在门口,把手指插进蓬乱的头发里,声音沙哑地喊叫道:

"欧几里得②是个傻瓜!傻——瓜……我可以论证上帝比这个希腊人更聪明!"

他用力把房门关上,震得他屋里的什么东西轰隆一声掉了下来。

不久,我听说这个人想根据数学来证明上帝的存在,但是他没有来得及完成这件事就死了。

---

① 阉割派是俄国18世纪末的一个宗教派别,认为肉欲是罪恶,应阉割。
② 欧几里得(公元前315—前255),古希腊数学家。

普列特尼奥夫在一个印刷厂里做报纸的夜班校对员的工作，一夜可挣得十一戈比的工资。如果我来不及出去做工挣钱，那么我们一昼夜就只能吃上四磅面包、两戈比的茶和三戈比的糖。我没有足够的时间去做工，因为我要学习。我正在非常困难地钻研各门学科，那些拘谨死板得反常的语法规则尤其使我苦恼，我根本不会把生动的、难度大的、变幻莫测而又灵活性强的俄语搬进僵死的语法框框里去。然而，没多久我高兴地发现，我开始学习为时"过早"了。即使我能考上，取得当乡村教师的资格，由于我的年龄，也不会得到教师职位的。

普列特尼奥夫和我睡在同一张单人床上，我夜间睡，而他白天睡。他干上一整夜的活儿，一夜不睡使他疲倦不堪，脸色变得更黑了，熬得两只眼睛又红又肿。他清早回来，我马上跑到小饭馆里去打开水，因为我们没有茶炊，这是很自然的。随后，我们在窗户旁边坐下来，就着面包喝茶。古里给我讲报纸上的新闻，朗读署名为"红色多米诺"那嗜酒成癖的小品文作家的打油诗。古里那种对人生玩世不恭的态度使我大为惊奇，我觉得他对生活的态度，就像他对待那个买卖女人旧衣饰兼做拉皮条的胖脸蛋婆娘加尔金娜一样。

他是从这个婆娘手里租下那楼梯底下的屋角的，但是他无钱付"房租"，以说说逗人高兴的笑话，拉拉手风琴，唱唱动听的歌曲来代替房租；每当他用男高音唱起歌来，他那双眼睛便闪耀着讪笑的神情。婆娘加尔金娜年轻时当过歌剧合唱演员，在歌曲方面是懂行的。她常常感动得流泪：从她那恬不知耻的眼睛里流出许多微小的泪珠，淌到她这个酒鬼和馋鬼的肿胀而发青的脸颊上。她用胖乎乎的手指拭去脸颊上的眼泪，然后再拿一条龌龊的手绢细心地擦着手指。

"哟，古罗奇卡①，"她赞叹地说道，"您真是个演员！要是您再漂亮一丁点儿——我会让你得到好运的！我已经安排了不少年轻小伙子去给独身闷得慌的娘儿们做伴呢！"在我们的头顶上方就住着这样一个"年轻小伙子"。这是个大学生，熟制毛皮匠的儿子。年轻人身材中等，胸脯很宽阔，大腿细瘦得非常难看，身形像一只锐角向下的三角形，这只锐角还折断了一点儿——这位大学生的一双脚跟女人的脚一样小。他那深深缩进肩胛里的脑袋也很小，头上点缀着红色的硬头发，苍白得毫无血色的脸上忧郁地瞪着一双凸出的有些发绿的眼睛。

他违抗父亲的意愿，像一条无家可归的狗似的挨饿，想尽办法，千难万难地读完了中学，升入了大学。然而，他发现自己的嗓子是深沉、柔和的男低音，于是他一心想去学唱歌。

加尔金娜抓住他这一点，把他安排到一个四十来岁的富商老婆那里去。富商老婆的儿子已经是三年级的大学生，女儿也快要中学毕业了。这位商人太太很瘦，扁平的身体，直挺挺的像个士兵，冷漠的脸上毫无表情，像个禁欲的修女。她那双灰色的大眼睛深藏在深色的眼窝里。她穿着黑色的衣裳，戴着老式的丝绸头巾，耳朵上颤动着一双镶有深绿色宝石的耳坠。

她有时候在夜晚或者大清早来找她的大学生。我不止一次地观察到，这个女人好像是跳进大门里来似的，以坚定的步伐走进院子里。她的脸显得很可怕，嘴唇紧紧地抿着，抿得几乎看不见嘴巴，睁大的双眼以一种无可幸免的神情，忧愁地朝前望去，她这副样子好像是个睁眼瞎子。虽然不能说她是个丑八怪，但使人明显地感觉到在她身上

---

① 古罗奇卡是古里的爱称。

有一股紧张劲儿，这股紧张劲儿拉长了她的身子，压缩了她的面孔，压得面孔发痛，这样一来，使她变丑了。

"你瞧，"普列特尼奥夫说，"真是个疯婆子啊！"

大学生非常厌恶这个商人太太，总是躲着她。而她却像个毫无怜悯心的债主或者像个奸细似的追踪着他。

"我是个好发窘的人，"他喝了酒，后悔地说道，"我为什么偏要唱歌呢？凭我这副嘴脸和体形，人家不会让我登台演唱的，不会让我去的！"

"别再干这种无聊事啦！"普列特尼奥夫劝告他。

"你说得对。但是我可怜她！我真受不了，可是可怜她！要是你们知道她是怎样……唉！……"

我们已经知道了，因为有一天夜里，我们听到这个女人站在楼梯上，用低沉颤抖的声音哀求着：

"看在上帝的分儿上……我亲爱的，好了，看在上帝的分儿上吧！"

她是一家大工厂的老板，拥有不少房产和车马，为产科学校捐过好几千卢布，可是她却像个乞丐似的向男人乞讨抚爱。

普列特尼奥夫喝过茶后就睡觉去了，我便出去找零工活干，很晚才回家，那时古里又该去印刷厂了。倘若我能带回面包、香肠或者煮"内脏"，我们便对半分，他把自己的一份带走。

剩下我一个人的时候，我就在"马鲁索夫卡"的各条走廊、各个角落到处徘徊，看看我的新邻居们是怎样生活的。这座房子住满了人，简直拥挤不堪，酷似一个蚂蚁窝。房子里充斥着一种又酸又霉的刺鼻臭气，每个角落里都躲藏着对人们怀着敌意的、浓密的影子。从清晨到深夜响彻着嘈杂的声音：女裁缝们的机子不断地轧轧响；轻歌剧的合唱女歌手在练嗓子，大学生低声柔语地做音阶练习；成了酒鬼的、疯疯癫癫的男演员高声朗诵着台词；喝醉了酒的妓女在歇斯底里地狂叫。所见所闻自然使我产生了一个无法解答的问题：

"这一切是为了什么呢？"

有一个秃顶、脑袋四周长着红头发的人，高高的颧骨，肚子大大的，两腿细细的，嘴巴特别大，牙齿像马牙似的，由于这口牙齿，人们给他起了个外号叫"红毛马"。他常在那些饥肠辘辘的青年人中间毫无意思地闲待着。他和他的不知是什么亲戚——辛比尔斯克的商人们已经打了两年多的官司了。

"我活得不耐烦了，我要搞得他们彻底破产！让他们成为乞丐去挨家讨饭，过上三年乞讨的生活，这以后呢，我把打官司胜诉取得的全部财产都还给他们，再问问：'你们这群魔鬼，怎么样？领教了吧！'"

"'马'，这就是你的生活目的吗？"人们问他。

"我竭尽全力，全副心思就为着这个目的，我再也不能做其他的事了！"

他整天整天地逗留在地区法院、高等法院和他的委托律师那里，经常在夜晚乘马车带回许多蒲包、纸袋、酒瓶子，在他那间天花板已经坠塌、地板也不平的龌龊房间里举行热闹的酒会，请来了大学生、女裁缝以及所有想吃顿饱饭喝点酒的人。"红毛马"本人只喝罗姆酒①，这种酒洒到了桌布、衣裳，甚至地板上，留下了洗不掉的暗红

---

① 罗姆酒是用甘蔗酿的烈性酒。

色的污点。他喝完酒后吼叫着：

"你们这些小鸟，我亲爱的！我爱你们——你们都是诚实的人！而我却是个凶恶的卑鄙的人，是鳄——鳄鱼。我想毁掉我的亲戚，我一定要毁掉他们！真的！我活得不耐烦了，可是……"

"马"委屈地眨巴着眼睛，在他那张不像样子的高颧骨的脸上淌满了醉酒后的眼泪。他用手掌把眼泪从面颊上拭掉，往膝盖上抹去。他那宽大的裤腿上总是布满了油渍。

"你们是怎样生活的呀？"他喊道，"饥寒交迫，衣衫褴褛——难道这是国法吗？这样活着能学到些什么？唉，要是皇帝知道了你们是怎样生活的……"

接着，他从衣袋里掏出一把五颜六色的钞票，向大家提议：

"伙计们，谁需要钱，来拿吧！"

合唱女歌手和女裁缝全都贪婪地从他那毛茸茸的手里抢钱，他却哈哈大笑，说道：

"这可不是给你们的！这是给大学生的。"

然而这些大学生不来拿钱。

"你的钱见鬼去吧！"熟制毛皮匠的儿子生气地吼叫起来。

有一天，他自己也喝醉了酒，把一叠十卢布钞票揉成硬硬的一团，将它带到普列特尼奥夫这里，往桌上一扔，说道：

"这钱，你要不要？我可不需要……"

他躺到我们的床上，一面吼叫，一面号啕大哭，我们不得不给他喂水、浇水，让他醒酒。当他睡着的时候，普列特尼奥夫试着把钞票舒展开，可是无法办到，这些钞票卷得太紧了，必须先用水沾湿后才能把它们一张张分开。

"马"的那间房屋的窗户紧对着邻舍的石墙,屋里烟雾腾腾,非常龌龊,狭窄拥挤,闷热憋气,吵闹嘈杂,这一切令人感到难以想象的厌恶。"马"叫嚷得比谁都响。我问他:

"您为什么不去住大饭店,偏要在这里住呢?"

"为了心里舒坦高兴!和你们在一起我感到心里温暖……"

熟制毛皮匠的儿子证实这点,说道:

"'马',您说得对!我也是这样认为的。要是我在别的地方住,也许我早就完蛋啦!"

"马"向普列特尼奥夫请求说:

"弹琴吧!唱歌吧……"

古里把古斯里琴放在膝上,边弹边唱:

红太阳啊,升起来吧,快快升起……

他的嗓音柔和婉转,扣人心弦。

房间里安静下来了,大家都在沉思地听着那哀怨的歌词和轻柔的古斯里琴声。

"唱得多好听啊,你好能干啊!"那个倒霉的、商人太太的安慰者嘟哝道。

这座旧房子里的那些奇怪的居民中间,古里·普列特尼奥夫具有制造快乐气氛的智慧,他起着神话故事里善神的作用。他的心灵充满了青春的鲜艳色彩,饱含绝妙的笑话,美好的歌曲,对人间习俗的尖锐讽刺,对生活中的大谎言勇敢揭露,这犹如焰火似的照亮了人们的生活。他刚满二十岁,外表上看,他是个半大孩子,可是住在这座房子里的人们，都把他当成是排忧解难的人，助人为乐的人。比较好的人喜欢他，比较坏的人害怕他，甚至那个老岗警尼基福雷奇也总是以狐狸的微笑向他打招呼。

"马鲁索夫卡"的院子是上山的"通道"，它把雷布诺里亚德和老戈尔舍奇纳两条街连接在一起。尼基福雷奇所在的哨舍离我们的住所大门不远，安适地坐落在老戈尔舍奇纳街的拐角处。

尼基福雷奇是我们这个街区的警长，他是个又高又瘦的老头，胸前挂满奖章。他有一张聪明的面孔，笑起来显得很亲切，可是眼神却很狡猾。

他对这个鱼龙混杂的乱哄哄的大杂院非常注意：他穿得整齐笔挺，一日数次出现在这个院子里，不慌不忙地走着，用动物园里的看守员检查铁笼里的野兽那样的目光望着一个个住所的窗户。今年冬天，他从一处住所逮捕了只有一只手臂的军官斯米尔诺夫和士兵穆拉托夫。他们是圣乔治十字勋章获得者，是斯科别列夫①率领的阿哈尔—帖金远征军的参加者。被捕的还有佐布守、奥夫相金、格里戈里耶夫、克雷洛夫以及别的一些人。他们企图办一个秘密印刷厂。为了这件事，穆拉托夫和斯米尔诺夫在星期日的白天，来到城内热闹的大街上，在克柳奇尼科夫印刷厂偷铅字，就为这桩事他们被抓走了。又是一个夜里，在"马鲁索夫卡"的宪兵们又抓走了住在这里的一个郁郁寡欢的高个子，我给他起过一个外号叫"活钟楼"。翌日早晨，古里得知这个消息后，气愤地搔乱了他那一头黑发，对我说道：

---

① 斯科别列夫（1843—1882），俄国将军。

"马克西莫维奇①,真是魔鬼出笼了,赶快去!老弟,快点儿……"

他说清楚我该往哪里去后,补充道:

"当心——千万别大意!那里可能有密探……"

接受这个秘密任务使我非常高兴,我就像雨燕那样飞奔到了船厂区,走进一家昏暗的铜器作坊里,看见一个头发鬈曲、眼睛特别蓝的年轻人,他正在镀一只锅子,他的样子不像工人。屋角的老虎钳旁边有一个小老头,头上裹着一条拢起白头发的皮带儿,正在忙乎乎地磨制一个活塞。

我问这个铜匠:

"你们这儿有工作吗?"

小老头怒气冲冲地回答:

"我们自个儿都有工作,就是没有给你的工作!"

那个年轻人匆匆地向我瞧了一眼,又埋头在锅子上方。我用脚轻轻地碰了碰他的脚,他那双蓝眼睛立即惊奇而又愤怒地盯着我,一手抓住锅子的把手,好像要向我摔过来。然而看见我在向他递眼色,他平静下来,说道:

"走吧,走吧……"

我又一次向他递眼色,然后走出门,在街上停住了脚;鬈发青年伸直腰也走了出来,一声不响地盯着我,吸起了烟卷。

"您是吉洪吗?"

"嗯,是的!"

"彼得被捕了。"

---

① 马克西莫维奇是作者的父称。

他愤怒地皱着眉头，用眼睛打量着我。

"哪个彼得被捕了？"

"高个子，很像教会的助祭。"

"嗯？"

"说完了。"

"彼得，教会助祭，所有其他的一切，跟我有什么相干？"铜匠问道。他提问的口气压根儿使我相信，他不是个工人。我跑回家时觉得很骄傲，因为我已经能够完成别人委托的事了。这是我第一次参加"地下"活动。

古里·普列特尼奥夫和他们很接近，我请求他介绍我进入这些事情的圈子里时，他回答道：

"老弟，你年纪还小哩！先好好学习吧……"

有一回，叶夫列伊诺夫介绍我和一个神秘的人物认识。与他见面很复杂，因为采取了一系列的预防措施，这使我预感到一种非常严重的气氛。叶夫列伊诺夫把我带到城外的阿尔斯克平原去，一路上警告我千万要小心，对这次见面的事要严守秘密。随后，叶夫列伊诺夫一边指着在远处空旷田野上漫步的一个不大的灰色人影，一边向四周望了望，对我低声说道：

"那就是他！跟着他去吧，等他一停住，你就上前去对他说：'我是外来人……'"

秘密活动总是愉快的。可是这一回却令我感到好笑：在酷暑晴朗的日子里，一个孤零零的人像根灰色的草茎在田野里摇晃着，别无他人。走到那个墓地的大门旁边，我才追上了他。在我面前的是一个年轻人，干巴巴的小脸蛋，一双小鸟似的圆眼睛，目光却很严厉。他穿着一件中学生的灰大衣，原来的浅色纽扣已经脱落，换上了几个黑色骨质扣子，破旧的学生帽还残留着帽徽的痕迹。总而言之，在他身上过早地去掉了些什么，仿佛他急于认为自己是个完全成熟的人。

我们坐在坟墓之间密密的灌木林树荫下面。这个人说话枯燥乏味，一本正经，他从头到脚没有一点儿叫我喜欢的。他严肃地详细询问我读过哪些书，建议我参加他组织的一个小组，我表示同意了，于是我们就分手了。他先走几步，小心翼翼地向荒凉的田野左顾右盼。

参加这个小组的还有三四个青年，我是其中最年幼的，对学习约翰·斯图尔特·穆勒的著作和车尔尼雪夫斯基①对它的评注完全没有准备。我们常在一个师范学院的学生米洛夫斯基的家里聚会。他后来曾用笔名叶列翁斯基发表了一些短篇小说，他写了五大本书以后竟然自杀了。我见过许多这样随意结束自己生命的人！

米洛夫斯基是一个沉默寡言的人，思想不开朗，说话谨慎小心，住在一座很脏的房子的地下室里。他为了保持"身心平衡"，每天要做一点细木工活儿。跟他在一起，我感到十分乏味。阅读穆勒的书对我也没有什么吸引力，因为很快我就发觉，我对这些经济学的基本原理早就非常熟悉，我是凭着亲身经历，直接领悟这些原理的，它们是写在我的脊梁骨上的。我认为，凡是为"别人的大爷"的幸福和安逸耗费过力气的人都十分清楚这些原理，所以不值得用难懂的词句写出厚厚的一本书来。我在这个充斥着胶水气味的地洞里，眼看一只只虫子在龌龊的墙上到处爬，这样呆坐两三个小时，是多么紧张吃力的事啊！

---

① 车尔尼雪夫斯基（1828—1889），俄国革命民主主义者。

有一回，传道教师来得比平常晚了，我们以为他不会来了，就买了一瓶伏特加酒，一些面包和黄瓜，开了一个小小的酒会。突然，我们教师的灰裤腿很快地闪过地下室的窗口；我们刚勉强来得及把酒瓶藏到桌子底下，教师就来到了我们中间，开始讲解车尔尼雪夫斯基的深奥的结论。我们一个个像木头人似的，一动不动地坐着，心里害怕我们中间随便哪一个脚一动把酒瓶碰倒。结果碰倒酒瓶的却是教师，他朝桌子底下望了一眼，一句话也没有说。哎呀，要是他痛骂一顿倒还好些！

他那沉默严肃的面容和气恼得眯缝起来的眼睛，使我感到很窘。我蹙额瞧了瞧伙伴们的脸，个个羞得脸发红。虽然不是我发起去买伏特加的，但是我觉得自己在这位传道教师面前是一个反对他的罪人，对他由衷地感到歉意。

听这些讲座非常枯燥，我很想离开这里到鞑靼区去，那儿的人们既善良又亲切，过着一种与众不同的洁净生活。他们讲着一口好笑而又走样的俄语。每到傍晚，从伊斯兰教堂的高塔上，教士们用奇怪的声音召唤人们去教堂做晚祷。我想，鞑靼人过的是另一种生活，是我不熟悉的生活，不像那种我所知道的、使我不快乐的生活。

伏尔加河上劳动生活的音乐深深地吸引着我，迄今还使我心神陶醉。我清楚地记得那一天，我初次感觉到英勇劳动的诗篇。

一艘满载波斯货物的大驳船在喀山附近触礁，船底撞破搁浅了。劳动组合的装卸工们带我一起去卸货。正值九月，从上游刮来了大风，灰色的河面上，怒涛汹涌澎湃，狂风席卷浪峰，冰冷的雨滴抽打着一切。劳动组合有五十来人，他们身上裹着粗席或帆布，愁眉苦脸地待在空驳船的甲板上；一艘小汽轮拖着这条驳船往前行驶，喘着气，将一束束红色的火花甩入雨中。

已是黄昏时分，湿漉漉的铅色天幕在变黑，笼罩在河面上方。装卸工们埋怨着，骂着街，诅咒着风雨，诅咒着生活，懒洋洋地在甲板上爬来爬去，寻找躲避寒风冷雨的地方。我觉得这些半睡不醒的人们干活是不行的，他们拯救不了那快要沉没的一船货物。临近半夜才驶到货船搁浅的地方，人们把空驳船船舷靠拢触礁的大驳船船舷。劳动组合的组长是个凶恶讨厌的老头儿，满脸麻点，一副狡猾相，生就一双鹰眼和一只鹰鼻，满口脏话。他从秃顶的脑壳上摘下湿淋淋的便帽，用尖声尖气的女人声音喊道：

"伙计们，祷告吧！"

昏暗中，驳船的甲板上，装卸工们挤拢在一起成了黑乎乎的一大堆，像狗熊似的呜呜叫了起来。组长首先做完了祷告，又尖声叫起来：

"点灯吧！嗯，小伙子们。露一手吧！伙计们好好干吧！上帝保佑，开始吧！"

于是，这些动作迟钝的、懒懒散散的、湿淋淋的人们开始"露一手"了。他们酷似投入战斗一般，纵身跳到那艘快要沉没的驳船的甲板上和船舱里——吆喝着，吼叫着，说着俏皮话。在我的周围，一袋袋的大米，一包包的葡萄干、皮革、羔羊皮像羽绒枕头那么轻飘飘地飞过；矮壮的人影跑来跑去，用吼叫、口哨、狠狠的斥责相互鼓励着。真难以置信，这些人，刚才还在沮丧地抱怨生活，抱怨风雨，抱怨寒冷，动作迟钝，愁眉苦脸，现在竟能如此轻松愉快、手脚麻利地干着活儿。这时候，雨下得更大，更加寒冷，风也刮得更厉害了。狂风吹开了人们的衬衫，吹得衣服下摆翻卷到了头上，下面露出了肚皮。在这湿淋淋的黑暗中，在六盏灯笼的微弱光亮下，一个个黑色的人影乱窜着，脚在驳船的甲板上踏着，发出低沉的声音。他们干得如此起劲，仿佛他们如饥似渴地盼望劳动，仿佛他们早就等待享受这样的乐事——把四普特重的米袋从一个人的手里抛到另一个人的手里，扛着货包奋力奔跑。他们像儿童迷恋游戏似的干着活儿，干得那么快乐，那么陶醉，就像除了跟女人拥抱外再没有比这更甜蜜的事了。

一个留着胡子的大高个儿，穿一件紧腰碎褶长外衣，浑身湿漉漉滑溜溜的，想必他是货物的主人，或者是主人的代办。他突然激动地喊叫起来："小伙子们，我给你们来一桶酒！好小子们，两桶也行！快干吧！"

立即从黑暗的四面八方传来几个人扯开嗓门有力的喊叫声：

"来三桶吧！"

"三桶也行！加油干吧！"

于是旋风般的工作更加沸腾了。

我也去抓起口袋，扛着走过去，抛下口袋，又重新跑回来，再抓起口袋。我觉得我本人和周围所有的人都在跳着狂欢舞，好像这些人能够如此卖命，如此快乐，不知劳累，不怜惜自己，成年累月地干下去，好像他们能够抓住城里一个个钟楼和高塔，把整个城市想搬到哪里就能搬到哪里。

这一夜，我过得空前的快乐。一辈子就这样疯疯癫癫而又高高兴兴地劳动，这种愿望照亮了我的心灵。船舷外面浪花飞舞，大雨抽打着甲板，河面上方风在呼啸，在黎明灰色的薄雾里，这些光着脊梁，湿淋淋的人们，不停地飞也似的跑来跑去，喊着，笑着，欣赏着自己的力气，自己的劳动。此刻风已吹散了浓重的乌云，从一小块蓝色明朗的天空上闪现了一下粉红色的阳光,这群快活的"野兽"抖动着可爱的嘴脸上湿淋淋的毛发,迎着太阳齐声狂叫。真想拥抱和亲吻这些在劳动时多么聪明机灵如此忘我的两脚野兽呀!

好像没有任何东西能抵挡住这股快活的狂劲儿,它能够在大地上创造出奇迹,能在一夜之间遍地建起漂亮的宫殿和城市,这一切都像未卜先知的神话里讲的故事,太阳对人们的劳动只照耀了一两分钟,阳光挡不住浓重的乌云,犹如一个小孩落入大海似的,又沉没到深厚的云层里了。雨越下越大,变成了倾盆大雨。

"休息吧!"有人喊了一声,可是人们暴怒地回答他:

"去你的休息!"

这些光着脊梁的人们冒着倾盆大雨和狂风,马不停蹄地一直干到下午两点钟,把全部货物搬卸完毕为止。这使我懂得人世间充满着多么强大的力量,我钦佩这种力量!

后来,人们回到汽轮上,在那里一个个都像醉鬼似的睡着了,轮船驶到喀山靠岸后,他们犹如一股灰色的泥流涌上沙岸,直奔小酒店喝那三桶伏特加酒。

在小酒店里,小偷巴什金走到我跟前,审视我一番,问道:

"他们让你干什么去了?"

我欣喜若狂地把这次干活的情景讲给他听。他听完之后,叹了口气,鄙视地说道:

"傻瓜,你比傻瓜还糟,你简直是个白痴!"

他一面吹着口哨,一面像鱼在水里那样摆动着身子,穿过一张张靠得很近的桌子走了。此刻,装卸工们正围着桌子热热闹闹地喝着老酒。屋角里有人用男高音唱起了猥亵的歌谣:

> 哎哟哟，这件事儿发生在半夜里哟，
> 一位太太来到花园里哟，
> 来到花园里散步又游戏，哎哟哟！

十来只嗓子震耳欲聋地吼叫起来，一面用手掌在桌上打着拍子。

> 守夜人呀，城里巡逻哟，
> 看到太太躺着身哟……

小酒店里充斥着嘈杂声，有人哈哈大笑，有人吹着口哨，大家不怕羞耻地说着脏话，大概人世间再没有比这更脏的话了。

有人介绍我认识了小杂货铺的老板安德烈·杰连科夫。他的铺子隐藏在一条偏僻狭窄的街道尽头，在堆满了垃圾的沟壑上方。

杰连科夫是个一只手臂麻痹的人，他有一张和善的脸，浅色的胡须，一双聪明的眼睛。他拥有一个收藏禁书和珍本书的图书室，在城里是首屈一指的。喀山许多学校的大学生和各种抱有革命情绪的人都来享用这些书籍。

杰连科夫的小杂货铺设在一所矮平房里，紧靠着一个阉割派教徒——银钱兑换商人的住宅。店铺里有扇门通入一个大房间。这房间的光线很暗淡，因为只有一扇朝向院子的窗户。这房间后面连着小厨房。过了小厨房，在两家中间阴暗的过道屋的拐角处，隐藏着一个贮藏室，这里面藏着那个要紧的图书室。图书室的一部分书籍是用钢笔抄写在厚厚的练习簿上的,这样的手抄本有拉夫罗夫[1]的《历史性的书信》,车尔尼雪夫斯基的《怎么办?》,皮萨列夫[2]的一些论文,还有《沙皇就是饥饿》[3]《巧妙的圈套》[4]——所有这些手抄本已被揉皱读烂了。

我第一次来到小杂货铺时,杰连科夫正在照料顾客们,他朝通向房间的那扇门对我点了一下头,我走了进去,看见在昏暗的屋角里,跪着一个像谢拉菲姆·萨洛夫斯基[5]的画像中的小老头,正在虔诚地祷告。我一瞧见这个小老头,就感到有点别扭不是味儿。

因为人们对我说起杰连科夫就像说"民粹派",因此,当时我想象中的民粹派就是革命者,而革命者就不应该信仰上帝。我觉得,这个向上帝祷告的小老头在这个家里是多余的。

他做完了祷告,用手将他那苍苍白发和美髯捋整齐,端详着我说道:

"我是安德烈的父亲。您是哪一位?原来如此!我以为您是个乔装打扮的大学生哩!"

"为什么大学生要乔装打扮呢?"我问道。

"嗯,是的,"老头轻声回答道,"不管他们怎样乔装打扮,上帝

---

[1] 拉夫罗夫(1823—1900),俄国民粹派人。
[2] 皮萨列夫(1840—1868),俄国革命民主主义者。
[3] 苏联生物化学家阿·尼·巴赫(1857—1946)在1883年参加民粹派时所写的一本书。
[4] 俄国工业统计学奠基人瓦尔扎尔(1851—1940)写的一本小册子。
[5] 谢拉菲姆·萨洛夫斯基(1760—1833),唐波夫省萨罗夫修道院修士,20世纪初被东正教会尊为圣徒。

终归会认出来的！"

他走进厨房里去了，我坐在窗边沉思起来，突然听到喊叫声：

"原来他是这样的呀！"

靠厨房门框站着一个穿白衣的姑娘，浅色的头发剪得短短的，她那苍白浮肿的脸上闪耀着一双蓝莹莹的笑眼。她非常像廉价石印画上的小天使。

"您干吗要这样吃惊呢？难道我是那么可怕的吗？"她用尖细颤抖的声音说道，同时手扶着墙，小心翼翼地慢慢向我移动，仿佛脚下踩的不是坚硬的地板，而是摇摇晃晃的悬空绳索似的。这种不会走路的样子，更使她像另一个世界的人了。她整个身子颤抖着，好像有许多根针扎进了她的脚掌，墙壁烫痛了她那孩子般浮肿的手。她那手指不能动弹，真奇怪。

我默默地站在她面前，感受到一阵奇特的惊慌和痛心怜悯。在这间昏暗的房间里，一切都是那么不同寻常！

这个姑娘坐到椅子上，小心翼翼得好像害怕椅子会从她身子底下飞走似的。她随便地告诉我（任何一个人也不会这样做的），她开始走动才只有四五天，在这之前，差不多三个月一直卧床——她的手和脚不能动弹了。

"这是一种神经方面的毛病。"她微笑着说道。

我记得当时非常希望以别的什么理由来解释她的健康状况。对于这样一个姑娘，住在这样一个奇怪的房间里，只说得了神经方面的疾病，未免太简单了。这房间里所有的东西都怯生生地紧紧依偎着墙壁，屋角里圣像前面过分明亮地点燃着一盏神灯，在大餐桌的白台布上爬着神灯铜吊链捉摸不定的影子。

"人家对我说过许多关于您的事儿,因此我很想瞧瞧您是什么样的。"我听到孩子般尖细的声音。

这个姑娘用一种令人难以忍受的目光仔细打量我,我在她那双蓝莹莹的眼睛里看到一种揣摩一切的锐利眼神。对这样的姑娘,我不能也不会说话了。于是,我默不作声地望着赫尔岑、达尔文、加里波第[①]等人的画像。

从店铺突然跑进来一个跟我一样年岁的半大孩子,他浅色头发,瞪着一双放肆的眼睛,声音沙哑地喊道:

"玛丽亚,你怎么爬出来啦?"

话一落音,他便消失在厨房里了。

"这是我的弟弟,阿列克谢,"姑娘说道,"我——在产科学校上学,后来病倒了。您为什么一声不吭呢?您——是个腼腆的人吗?"

安德烈·杰连科夫进来了,他把一只麻痹的手揣在怀里,默默地用另一只手抚摸着妹妹柔软的头发,把她的头发给揉乱了,接着便问我要找什么工作。

没多久,又进来一个红色鬈发、身材匀称的姑娘,她那微微发绿的眼睛严厉地瞧了我一眼,扶着白衣姑娘的手臂说道:

"够了,玛丽亚!"

于是她把她带走了。

用这种成年女人的名字称呼这个姑娘很不合适,对她太粗暴了。

我也离开了杂货铺,感到莫名的激动,隔天晚上我又来到了这个房间,企图弄明白他们是怎样生活的——他们过的生活真奇怪。

---

① 加里波第(1807—1882),意大利资产阶级革命家。

那个和蔼可亲的老头斯捷潘·伊凡诺维奇,皮肤发白,仿佛透明似的,他坐在屋角里微笑地望着,翕动着黑色的嘴唇,好像在请求说:

"请别来打扰我吧!"

他跟野兔一样成天提心吊胆的,对不幸的预感使他惶惶不安——这一切我看得非常清楚。

一只手臂不好使唤的安德烈穿着一件灰色的上衣,胸前沾满油垢和硬得像树皮似的面粉嘎巴。他好像一个做了什么调皮捣蛋的事儿刚被饶恕的孩子那样,负疚地笑着,侧着身子在屋子里走来走去。阿列克谢帮他做生意,这是个又懒惰又粗鲁的年轻人,他的三弟叫伊万,在师范学院念书,平日寄宿在那里,只有节假日才回家来。他是个矮小个儿,衣着整洁,头发梳得平平整整的,很像一个旧时的官吏。有病的玛丽亚住在阁楼上,很少下来,她一下来我就觉得发窘不自在,仿佛一种无形的绳索捆住了我似的。

杰连科夫的家务,是由那个阉割派教徒房东的姘妇来料理的。这个女人是个瘦高个儿,长着一张木偶似的面孔,生就一双凶狠修女似的严厉的眼睛。她的女儿,红头发的娜斯佳也常在这儿转悠,每当她那双发绿的眼睛望着男人的时候,她那尖鼻子的鼻孔便翕动起来。

然而,杰连科夫家里的真正主人,却是喀山大学、神学院和兽医学院的大学生们。这是一群喜欢热闹的人们,他们怀着关切俄国人民的情绪活着,为俄国的前途而忧心忡忡。报纸上的文章,刚刚读完的书本的结论,城市和大学生活中发生的事件,总是使他们激动,每逢夜晚他们从喀山的各条街道纷纷跑到杰连科夫的小铺里来,激烈地争论或者分头在屋角里窃窃私语。他们常常带来厚厚的书本,用手指头戳着书页相互喊叫,各说各自推崇的真理。

不消说,我对这些争论一窍不通,在这些滔滔不绝的空话里,真理就像穷人家菜汤里的油星那样渐渐看不见了。我觉得,有几个大学生跟伏尔加河沿岸某教派的教徒中那些死啃书本的老学究一个模样,然而我也明白,我看到的这些人准备改变生活,使生活变好,尽管他们的真心诚意被滔滔不绝的空话冲淡了,然而还未曾被淹没。他们所要解决的问题,我是很清楚的,我觉得自己也十分关心这些问题,很希望它们能顺利地得到解决。我常常感觉到,在大学生们的谈话里,听到了我未能说出来的思想,因此这些人使我欣喜若狂,犹如一个俘虏得到许诺给予自由那样高兴。

他们看待我,就像细木匠看一块可以做出不同寻常的东西的木料那样。

"一个天生有才能的人!"他们彼此这样来介绍我,语气中带着一种满街跑的孩子把在路上捡到的一枚五戈比铜币拿给别人看时的骄傲。我很不喜欢人家叫我"天生有才能的人"和"人民的儿子",我倒觉得自己是生活中受冷落的孩子。有时候,我感到一种沉重的压抑,它来自领导我发展智慧的人们。例如,我在书店的橱窗里看见一本书名为《格言与箴言》①的书,这些词儿我不懂得是什么意思,激起了我读一读这本书的强烈愿望,于是请求一个神学院的大学生把这本书借给我。

"真有您的!"这位未来的高级僧侣,生着一颗黑人的脑袋,满头鬈发,嘴唇厚厚的,牙齿又大又尖,他流露着讥讽的神情,大喊起

---

① 《格言与箴言》的作者是亚瑟·叔本华。

来,"老兄,真是胡说八道。给你什么你就读什么!不适合你的领域,别瞎钻!"

这位教师的粗暴声调深深地刺伤了我。当然,这本书我买了下来,一部分钱是在码头上做工挣的,另一部分是从杰连科夫那里借来的。这是我买的第一本严肃的书,这本书至今我还保存着。

总之,人们对待我的态度是相当严格的:有一回,我读完《社会科学入门》①这本书后,觉得作者过分夸大了游牧部落在组织文化生活方面所起的作用,而把很有能耐的流浪汉和猎人贬低了。我把我的怀疑告诉了一个语文系的大学生,他立即竭力在他那娘们似的脸上露出一副威严的样子,对我谈了整整一个钟头有关"批评权"的问题。

"为了取得批评权,就必须先信仰某种真理,可是您信仰什么呢?"他问我道。

他其至走在街上也在看书——把书本捂住脸,在人行道上不时撞着了人。当他得了斑疹伤寒,躺在自己的阁楼里时,还在喊叫道:

"道德本身应该是自由成分和强制成分的和谐结合体,和谐,和——和——和……"

这个由于常年吃不饱饭而病病歪歪的虚弱者,执意寻找颠扑不破的真理,结果被折磨得精疲力竭,除了读书,他再也不知道有其他任何乐趣了。当他觉得他已经调和了两种强有力思想的矛盾时,他那可爱的黑眼睛孩子般幸福地微笑起来,我离开喀山十来年之后,在哈尔科夫又遇见了他,当时他已经服满了五年流放到凯姆的刑期,回来重新上大学读书了。我看到他沉浸在多得像一大堆蚂蚁似的矛盾思想中

---

① 《社会科学入门》的作者是俄国社会学家贝尔维。

过日子,他快要死于肺结核病的时候,还在力求调和尼采①主义和马克思主义,他一面吐着血,一面用那冰凉发黏的手指抓住我的双手,声音沙哑地说道:

"没有综合——就无法生存!"

他在上学的路上,死在电车里了。

我见过不少这样为理智殉难的人,我对他们的纪念是神圣的。

大约有二十个这样的人常常在杰连科夫的家里聚会,他们中间甚至有一个日本人——神学院的大学生,名叫潘捷雷蒙·佐藤。有时候,进来一位剃着鞑靼式光头的人,他身材高大,胸脯宽阔,蓄着一脸浓密的大胡子,他好像是被紧紧地缝在一件灰色的卡萨金②里,领扣直扣到下巴底下。他通常坐在随便哪个屋角里,抽着一只短烟斗,用他那冷静揣摩一切的灰色眼睛望着大家。他的目光常常凝视着我的脸,我觉得这个严肃的人在默默地打量着我,不知为什么他使我产生了戒心。他的沉默使我感到很奇怪:周围所有的人都在滔滔不绝地说话,语气坚决,嗓门又高又响。人们的话语说得越激烈,我就越喜欢。过了好久我才领悟到,往往在激烈的言语里面隐藏着渺小而虚伪的思想。可是这位满脸胡子的大力士在默想些什么呢?

大家都叫他"霍霍尔"③,好像除了安德烈以外,没有一个人知道他的姓名。过不多时,我听说,这个人不久前才从雅库特省流放回来,他在那里过了十年。这更提高了我对他的兴趣,可是还不足以鼓

---

① 尼采(1844—1900),德国唯心主义哲学家。
② 卡萨金是一种后身打褶的立领男上衣。
③ 霍霍尔是帝俄时代对乌克兰人的蔑称,今为虐称。原意是头上一绺蓬起的头发,一撮毛,是乌克兰人的一种发型。

起我去跟他认识的勇气，尽管我不腼腆也不怯场，恰恰相反，我的好奇心常常使我坐立不安，我渴望着尽快得知一切，这一禀性终生妨碍我认真地去干一件事情。

当他们谈论人民的时候，我感到非常惊讶而且很不自信，为什么我对这个问题的想法不能与他们取得一致呢？在他们看来，人民是智慧、美德和善良的化身，是包容一切美好、公正、伟大的因素，是近乎神圣的统一体。可是我没有见到过这样的人民。我见过的人民有木匠们、装卸工们、石匠们，我认识雅科夫、奥西普、格里戈里。然而在这里，他们所说的却是作为统一体的人民，他们把自己置于人民之下，一切取决于人民的意志，我觉得，正是他们这些人体现了美好而强有力的思想，在他们身上集中了对生活、对按照博爱精神的新准则去自由建设生活的善良意志。这个意志正在熊熊地燃烧着。

在这之前，在同我一起生活过的那些人们中间，我从未见过什么博爱，可是在这里，每一句话中都能听到博爱，每一道目光里都闪耀着博爱。

这些人民的崇拜者的话语，宛如清新的雨露滴进我的心田，那些描写农村黑暗生活和描写受苦受难的农民的极其纯朴的文学作品给予我很大的启迪。我觉得只有最热情、最强烈地去爱人们，才能从爱中获得一种必要的力量，去探求和领会人生的意义。从此以后我不再处处考虑自己，开始更多地去关心他人。

安德烈·杰连科夫坦率地告诉我说，他做生意获得的微薄收入，全用来帮助这些相信"人民幸福高于一切"的人们了。他俨如一个虔诚的助祭侍候主教做祈祷，在这些人中间转来转去，他从不掩盖自己对这些爱读书的人的聪明才智的狂喜；他把不好使唤的手臂揣在怀里，幸福地微笑着，用另一只手向四面八方扯着他那柔软的胡子，问我道：

"你看好吗？就是好嘛！"

可是当兽医拉夫罗夫（他有一副怪声怪气的嗓子，说起话来像鹅叫）标新立异地反对这些民粹派时，杰连科夫惊讶地闭上眼睛，声音非常低地说道：

"好一个捣乱鬼！"

他对待民粹派的态度跟我很相近，但是这些大学生对待杰连科夫，我觉得，好像是老爷对待仆人或酒店里的侍从那样有些粗暴无礼。但他本人并没有觉察到这一点。当他送走客人之后，常常留我在他那里过夜，我们把屋子打扫干净，随后就躺在地板的毛毡上，在那微弱的神灯照不亮的黑暗中，我们低声友好地谈着话，谈得很久很久。他怀着一种信徒般暗自喜悦的心情对我说道：

"将来出现几百几千个这样的好人，把俄国所有的重要职位都占上，一下子整个生活就会大变样！"

他比我大十岁，我看得出他很喜欢那个红头发的娜斯佳，他努力不去看她那双惹事寻衅的眼睛，在人们面前，他以主人下命令似的冷冷的声音与她说话，然而在她转身离去时，他用思念的目光为她送行，每当单独和她谈话时，他就发窘起来，怯生生地微笑着，一面捋扯着他那小胡子。

他的小妹妹也从屋角里观看唇枪舌剑的争论，注意力高度集中使她那孩子气的脸可笑地绷紧起来，眼睛睁得大大的，每当听到特别令人激动的话，她就很响地倒抽一口气，仿佛被冰冷的水泼了一下似的。一个浅棕红色头发的医学院大学生，像只神气的公鸡在她身边走来走去，放低了声音，神秘地跟她说话，并且威风凛凛地皱着眉头。这一切都是非常有趣的。

可是秋天已经来临，没有固定工作的生活对我来说很难过下去了。我周围发生的一切事情使我向往，因此我干的活儿越来越少，于是靠别人的面包来过活，可是这口面包总是很难咽入喉咙啊！我必须找个过冬的"地方"①，我终于在瓦西里·谢苗诺夫的面包房里找到了工作。

我在几个短篇小说《老板》《科诺瓦洛夫》《二十六个和一个》里，勾勒了这个时期的生活，这是多么艰难困苦的岁月啊！然而也是颇有教益的时光。

身体上我经受了不少痛苦，但更痛苦的是精神上的。

我下到面包作坊的地下室干活，我和那些朝夕相处的人们（见到他们的面，听到他们的声音已经成为我生活中不可缺少的东西了）之间，竖起了一道"忘却之墙"。他们谁也不到作坊里来看我，而我一昼夜要干十四小时的活儿，平日里也就不能常到杰连科夫那儿去了。休假日不是睡觉就是跟同事们待在一块儿。一部分同事从初次见面的几天里就把我看成是个滑稽的小丑，有几个人以孩子天真的喜爱对一个会讲有趣童话的人那样的态度来对待我。鬼知道我给他们讲了些什么，不过所讲的当然都是一些能够鼓励他们对另一种更轻松、更有意义的生活抱有希望的故事。有时候我讲得很成功，看到他们那浮肿的脸上闪现出由衷的悲伤，双眼里冒着怨恨和愤怒的火花，我感到过节

---

① "地方"在俄语里是个多义词，其中一个意思为"职位，职务，工作"，此处语意双关。

似的高兴,并且自豪地想道"我在做群众工作","我在教育人民"。

然而,更经常的是,我感到自己无能为力,知识不足,甚至连最简单的生活问题都解答不了,这是很自然的。这时候,我觉得自己被抛到一个黑暗的泥坑里,这里的人们像盲目的蛆虫那样蠕蠕爬动,他们力求忘却现实的生活,要做到这点,只得去小酒店里,还有投进妓女冷冰冰的怀抱里。

逛妓院,是他们每个月领到工钱的那一天必做的一件事。在这个幸福日子的前一周,就开始谈论那种寻欢作乐的美梦了。过完这一天后,大家好久好久地交流着自己享受到的快感,在这些谈话里,他们毫不知耻地夸耀自己的性能力,凶狠地嘲笑挖苦女人,一面谈着她们,一面厌恶地吐着唾沫。

真令人纳闷!我觉得在那些谈话中,我听到了忧愁和耻辱。我看见在"安慰屋"里,一个卢布可以买一个女人陪一整夜,我的同事们感到发窘,感到负疚,我觉得这是很自然的。然而有些人过分放纵自己,为所欲为,我觉得他们这样做,不是存心的。我对两性的关系非常感兴趣,因而我对这种事情也就观察得特别敏锐。我本人还没有享受过女人的抚爱,这使我的处境很不愉快:女人们和同事们都狠狠地嘲弄我。很快他们就不再邀请我去"安慰屋"了,坦率地对我说:

"老弟,你别再跟我们去啦。"

"为什么?"

"这个嘛!对你不好。"

我紧紧抓住了这句话,觉得这句话对我很重要,但是我没有得到更清楚的解释。

"你真是!已经对你说了——别去啦!跟你在一起闷死人啦……"

只有阿尔乔姆苦笑地对我说：

"就好像跟前有个牧师，或者有个神父似的。"

最初姑娘们只是嘲笑我太拘谨，后来则气恼地问我："你是讨厌我们吧？"

有一个四十岁的"姑娘"长得很丰满，也漂亮，她是个波兰人，叫捷列扎·博鲁塔，是这里的"女管家"。她用她那双良种母狗似的聪明眼睛瞧着我说道：

"姑娘们，咱们别打扰他吧，他一定是有未婚妻了，是吧？这样的大力士一定是被未婚妻管住了，再也没有任何其他东西能拦住他！"

她是个酒鬼，疯狂地喝酒，醉酒后真无法描述她是多么令人厌恶，可是在酒醒状况下，她对待人们的深思态度，冷静地探索他们所做的事情，这使我大为惊奇。

"最难让人理解的人，一定是神学院的那伙大学生，是的，"她对我的同事们叙述着，"他们跟姑娘们是这样干的：先盼咐往地板上涂一层肥皂，再让一个光身的姑娘趴在地上，双手双脚分别放在碟子上，接着把姑娘的屁股往前一推，看看她在地板上能滑多远。把一个姑娘这样推走后，再如法炮制，推另一个。瞧瞧，这样做是为了什么？"

"你扯谎！"我说道。

"哎哟，绝对不是！"捷列扎喊起来，并没有生气，依然很平静。不过在这种平静中有某种东西压得人透不过气来。

"这是你胡编乱造的！"

"一个姑娘家怎能编出这种事来呢？难道我是个疯子吗？"

她瞪着眼睛问我道。

人们全神贯注地倾听着我们的争论,而捷列扎仍然以冷静的声调讲述嫖客们的鬼把戏,她只是想搞清楚:他们为什么要这样做?

听的人都厌恶地吐着唾沫,猛烈地痛斥大学生。见捷列扎挑唆这些人仇恨我最喜爱的人,我就说,大学生是爱人民的,是造福于人民的。

"是这样,你说的是沃斯克列先斯卡亚街上那所普通大学的学生,而我说的却是从阿尔斯克平原来的神学院的大学生呀!他们都是教会里的,全是孤儿。孤儿长大了一定是小偷,或者是胡作非为的人,是坏蛋,他们没有任何牵挂,这些孤儿!"

"女管家"平静的讲述,姑娘们对大学生,对官吏,总而言之,对这些"圣洁的人们"那种凶狠的埋怨,不仅在我的同事们心里引起了憎恶和敌视,而且引起了几乎是一种幸灾乐祸的心情,这种心情是用这样的语言表达出来的:

"这就是说——那些受过教育的人比我们更坏!"

我听了这些话,感到非常沉重和痛苦。我看到这类人会合到这些半明不暗的小房间里面来,仿佛城市里的全部污泥浊水流进泥坑里似的,在乌烟弥漫的火焰中烧得沸腾起来,他们带着满腹的恼怒和仇恨,又各自回到城市里。我观察到,人的本性和生活的苦闷驱使人们钻进这些房间里来,他们在这里说的是荒唐可笑的词句,歌唱悲惨的动人情歌,谈论那些"受教育的人"的丑陋逸事,他们对不理解的事物抱着嘲笑和敌视的态度。我认为这些"安慰屋"也是一所所大学,从这些大学里,我的同事们接受了非常有害的知识。

我瞧着那些"卖笑的姑娘们"在龌龊的地板上走来走去,懒洋洋地蹭着地，沙沙作响；在惹人心烦的手风琴声或者在破钢琴那刺激神经的咔咔声中，她们令人恶心地扭摆着松弛的身体。我望着她们，不由得产生了一种难以名状的忐忑不安的思想。周围的一切都使人感到苦闷，一种想离开这儿去一个什么地方而又办不到的感觉，折磨得我心神不宁。

在面包作坊里，当我开始讲述有些人正在无私地寻找为人民谋取自由和幸福的道路时，马上就遭到他人反驳：

"可是姑娘们说他们不是这样的呀！"

于是他们毫不留情而又凶狠下流地嘲笑我。我则像一只好寻衅的狗崽，觉得自己并不比大狗愚蠢，甚至比大狗更勇敢些，于是立刻大发雷霆起来。我开始懂得，思考生活并不比生活本身轻松些。有时候，对那些逆来顺受的我的同事，我的心里突然冒出憎恨的火花，他们甘心忍受醉汉老板疯疯癫癫的凌辱，他们的忍耐本领和不可救药的顺从尤其使我愤慨。

可是（好像故意作对似的！），就在这些艰难的日子里，我又接触到了一种全新的思想，虽然这种思想本质上是和我敌对的，但仍然使我非常不安。

在一个风雪交加的夜晚，怒吼的狂风好像把灰色的天幕撕成微小的碎片撒落下来，大地上盖满了厚厚的雪堆，像大地的生命已经结束，太阳熄灭了，再也不会升起来，就在谢肉节①一周里的这样一个夜晚，我从杰连科夫家回面包作坊。我闭上眼睛，顶着风，冒着满天灰蒙蒙狂飞乱舞的大雪，仿佛在穿过混沌的世界，一步步往前走，突

---

① 谢肉节是基督教的一个节日。

然之间,我跌倒了,扑到一个横躺在人行道上的人身上。我们两人互相对骂起来,我说俄语,他说法语:

"嗯,魔鬼……"

这倒引起了我的好奇心,我把他扶起来,让他站住脚,这个人个子矮小,身体很轻。他把我推开,一面火冒三丈地喊叫道:

"我的帽子呢?真该死!快给我帽子,我要冻死啦!"

我在雪里找到了帽子,抖了抖雪,戴到他那毛发竖立的头上,然而他把帽子摘下来,挥动着它用两种语言骂街,把我赶走:

"滚开!"

他蓦地往前奔走,隐没在翻动的雪堆里。我继续走着,又看见了他。他站着,双手抱住路灯不亮的木柱子,令人同情地说道:

"列娜,我要完蛋了……啊,列娜……"

看来,他是喝醉了酒,要是我把他留在街上,大概会冻死的。我问他住在哪儿。

"这是哪条街呀?"他带着哭泣声喊道,"我不知道该往哪里走啊。"

我搂住他的腰,带着他走,一面详细询问他住在什么地方。

"在布拉克街,"他发着抖,嘟哝道,"在布拉克街……那里有个澡堂,——有座房子……"

他跌跌撞撞,一脚深一脚浅地走着,使我不能好好走路;我听到他的牙齿在打战:

"西——久——萨弗埃……"他一面推搡着我,一面嘟哝道。

"您说什么来着?"

他站住脚,举起一只手臂,说得清晰可辨,我觉得他带着骄傲在说这些话：

"西——久——萨弗埃——乌——日——捷——门……"①

接着他把手指放进自己的嘴里呵气，摇摇晃晃，几乎要跌倒了。我蹲下身，把他托在自己背上，背着他走，他的下巴贴在我的脑壳上，埋怨地说道：

"西——久——萨弗埃……我要冻死啦，噢，上帝……"

到了布拉克街，我好不容易才问清楚他住在哪一座房子里。我们终于钻进了一间小厢房的门斗，这间屋子隐蔽在院子深处，飞雪卷起阵阵旋涡。他摸到了房门，小心翼翼地敲了一下，他压低嗓音说道：

"嘘！轻一点……"

一个穿着红色宽大便服的女人出来开了门，手里拿着点亮的蜡烛，她给我们让了道，于是默默离开到一边去了，从某处掏出一把长柄眼镜，向我仔细地打量着。

我告诉她，这个人的两只手好像冻僵了，必须把他的衣服脱掉，让他躺进被窝里。

"是吗？"她问道，她的声音清脆而年轻。

"该把他的两只手泡在冷水里……"

她没有吭声，甩长柄眼镜往屋角指了指，在那里，画架上放着一幅画，画上有一条河和几棵树。我惊奇地望了望这个女人那张神情呆板古怪的脸，她向屋角的桌子走去，桌上点着一盏带粉红色灯罩的灯。她在桌前坐下，从桌上拿起一张"红桃J"，对这张扑克牌仔细观察起来。

---

① 法语译音，意思是"要是你知道我要把你带到哪儿去……"——原书编者注

"您有伏特加吗?"我大声问道。她没有回答,正在桌上摊放扑克牌。我背回来的那个人坐在椅子上,低低地垂下了脑袋,冻红的双手挂在身躯两侧。我把他放到了长沙发上,替他解开衣服,我什么也不明白,好像在做梦似的。我面前长沙发上方的墙壁上,挂满了相片,在这些相片中间暗淡地闪现着一个带白丝绦蝴蝶结的金花环,白丝绦的末端印着一行金字:

献给无与伦比的吉尔达①

"真该死,轻一点!"我开始按摩他的手时,他呻吟起来,说道。

女人还在一张张摊着扑克牌,她忧心忡忡,沉默不语。她的脸形像鸟,鼻子尖尖的,有着一双呆板的大眼睛。瞧,她用她那少女般的双手捋松她那一头假发似的厚厚的白发,她低声然而清晰地问道:

"乔治,你看见米沙了吗?"

乔治把我推开,很快地坐了起来,急急忙忙地说道:

"他不是到基辅去了吗?……"

"是呀,到基辅去了。"女人重复一句,目光没有离开扑克牌,我觉得她的声音听起来又单调又冷漠。

"他很快就要回来了……"

"是吗?"

"啊,是的!快啦。"

---

① 吉尔达是威尔第的歌剧《利格莱托》中的女主人公。

"是吗?"女人重复问道。

没有全脱掉衣服的乔治从长沙发上跳下来,三脚两步跪在了女人脚边,用法语对她说了些什么。

"我很平静。"她用俄语回答道。

"你要知道——我是迷了路啊,暴风雪,风大得可怕,我想我会冻死的。"乔治一面急急忙忙地讲述,一面抚摸着女人放在膝上的一只手。他的年纪有四十来岁,他蓄着黑色的唇髭,嘴唇厚厚的,在他那红红的脸上,呈现出诚惶诚恐的神情,他使劲揉着圆脑壳上苍白的硬头发,说话也越来越清醒了。

"明天咱们去基辅。"女人说道,不知是发问,还是肯定一下已经做的决定。

"好,明天去!你也该休息了。为什么你还不躺下?已经非常晚啦……"

"米沙今天不会回来吗?"

"唉,不会的!这样的暴风雪……咱们走,该睡了……"

他拿起桌上的灯,把她搀进书橱背后的小门里面。我一个人久久地坐着,什么也不想,听着他那有些嘶哑的低语声。暴风雪像毛蓬蓬的爪子抓着窗玻璃,沙沙作响。融化了的雪水洼淡淡地反射着蜡烛的火焰。房间里摆满了东西,十分拥挤,散发着一种暖和的怪味,使人思想麻醉,昏昏欲睡。

乔治出现了,他摇摇晃晃,双手捧着灯,灯罩轻轻地碰着灯泡。

"她睡下了。"

他把灯放在桌上,沉思地站在房间的中央,没有瞧我,说道:

"真的,说什么呢?要是没有你,我大概早完蛋了……谢谢!你是干什么工作的?"

他侧耳听着隔壁房间里发出的声响,哆嗦着。

"这是您的妻子?"我低声问道。

"是妻子。是一切。是命根子!"这个人一面望着地板,一面一词一句分得清清楚楚地细声说道,接着又开始狠狠地用手掌揉起脑袋来。

"喝点茶吧——怎么样?"

他心不在焉地往房门走去,然而又停住了脚,因为他想起了女仆吃鱼吃得过多,撑坏了,已经把她送进了医院。

我提议生茶炊,他同意地点了点头。他想必已忘记他还敞着胸,光着脚,他那光脚啪嗒啪嗒地在湿漉漉的地板上走着,把我领到小厨房里。他背靠着炉子,又重复地说道:

"要是没有你,我早已冻死了——谢谢!"

他蓦地战栗一下,吃惊地睁大了眼睛盯着我。

"要是我真死了,她会落个什么下场啊?噢,上帝呀!……"

他一面望着黑洞洞的门,一面压低了嗓子,快快地说道:

"你要知道,她是个病人。她有个儿子,音乐家,在莫斯科开枪自杀了,而她一直在等着他,眼看已经等了差不多两年了……"

后来当我们一块儿喝茶的时候,他颠三倒四,用不同寻常的话语讲述了他们的身世。这个女人是个地主,而他是个历史教员,当过她儿子的补习教师,竟爱上了她,于是她离开了自己的丈夫;她的丈夫是个德国人,男爵。她离家后就去歌剧院演戏,尽管她的第一个丈夫千方百计破坏她的生活,但他俩的生活还是过得很美好。

他眯缝起眼睛,紧张地盯着肮脏的厨房(炉子旁边的地板都腐烂了）半阴不暗处的什么东西，接着讲下去。他喝着茶，热茶把他烫痛了，烫得他的脸都皱起来，圆滚滚的眼睛胆怯地眨巴着。

"你是干什么工作的？"他又问我一次。

"唔，做花样小甜面包的，工人。真叫人纳闷。不像。这是怎么一回事？"

他说话的语气很不平静，他以一种受迫害者的目光怀疑地瞧着我。

我简略地讲了讲自己的情况。

"原来如此！"他轻轻地赞叹一声，"是啊，原来如此……"

突然间他活跃起来，问道：

"你知道《丑小鸭》①这个童话吗？读过吗？"

他的脸变得难看起来。他把自己那嘶哑的嗓子不自然地提高到尖叫程度，使我大为震惊，他开始愤怒地说道：

"这篇童话是很诱惑人的！我在你这个年龄，也曾想过，我是不是一只天鹅？可是你瞧……我本该上神学院，却上了大学。我父亲是个神父，他把我拒之门外。我在巴黎学习人类不幸的历史——进步的历史。我也写过东西，是的。噢，这一切又怎样呢？……"

他在椅子上跳起来，倾听片刻，接着对我说道：

"进步——这是为了自我安慰而臆想出来的！生活是缺乏理性的，没有意义的。要是没有奴隶制度也就没有进步，没有多数人服从少数人，人类在自己的道路上就会停止不前。我们希望使生活容易轻松，减轻劳动，结果我们只会使生活更困难复杂，使努力更沉重。开工厂

---

① 《丑小鸭》是丹麦作家安徒生的一篇童话。

造机器,是为了一而再再而三地制造机器,这是多么愚笨啊!工人越来越多,其实只有生产粮食的农民才是必不可少的。粮食——这就是用劳动向自然界索取的一切。人需要的越少,他的幸福就越多,人的愿望越多,他的自由就越少。"

也许,这不是他的原话,这些令人震惊的思想,如此尖锐,如此赤裸裸,我还是初次听到。这个人兴奋得尖叫一声,立即畏惧地把目光停留在通向内室的门上,听了片刻,室内静寂无声,于是低声而又恶狠狠地说道:

"要明白,每一个男人需要的东西并不多:一片面包和一个女人……"

他用神秘的低语,用我从未听说过的言语和从未读过的诗篇谈起女人来,他突然变得像小偷巴什金了。

"贝亚德①,菲娅米塔②,劳拉③,妮农④。"他低声说出一个个我所不熟悉的名字,讲了一些热恋的国王和诗人们的故事,背诵了一些法国的诗作。吟诗的时候,用他那细细的、裸到肘部的手打着拍子。

"爱情和饥饿统治着世界。"⑤我听了他激情的低吟,想起了这些词儿作为副标题印在一本革命小册子《沙皇就是饥饿》⑥的书名之下,这

---

① 贝亚德是意大利诗人但丁所钟情的女人。
② 菲娅米塔是意大利小说家薄伽丘所钟情的女人。
③ 劳拉是意大利诗人彼特拉克所钟情的女人。
④ 妮农·德·兰克洛是法国巴黎的贵族妇女,和法国作家伏尔泰、莫里哀、封德奈尔等人有交往。
⑤ "爱情和饥饿统治着世界"是德国诗人席勒的《世界的智慧》中的诗句。
⑥ 《沙皇就是饥饿》这一标题是采用俄国诗人涅克拉索夫的《铁路》中一个诗句的意思。

使我感到这些词儿有着特别重要的意义。

"人们寻求的是忘记和安慰,并不是知识!"

这种想法彻底地震撼了我。

早晨,我离开厨房时,小壁钟上指示着六点零几分。我在灰蒙蒙的晨雾里,踏着一堆堆的积雪上路,一面听着暴风雪的吼叫声,回想着这个精疲力竭的人的愤怒尖叫,我觉得他的话哽在了我的喉咙里,憋得我喘不过气来。我不想去作坊,也不想见人,于是披着满身厚雪在鞑靼区的一条条街道上闲逛,一直逛到天亮,逛到城市居民们的身影出现在风雪中为止。

从此我再也没有遇见过这个教师,并且也不想再遇见他了。然而后来,我不止一次地听到有人说生活无意义和劳动无益处的话——说这种话的有文化水平很低的到处漂泊的人,有无家可归的流浪汉,有"托尔斯泰主义者"①和有高等文化水平的人,还有教堂教职人员、制造炸药的化学家、新活力论②的生物学家以及其他许多人。不过,这些思想已经不再像我初次接触时那样,如此令人震惊地影响我了。

只是在大约两年前,也就是在第一次谈论这个问题之后三十多年的时候,我突然从一个当工人的老熟人口中,又听到了几乎用同样的言语说出同样的思想。

有一天,我和他在一块儿"谈心",这个人不高兴地冷笑着,称自己是"政治上的滑头",他用似乎只有俄国人才具有的那种无畏的

---

① 托尔斯泰主义主张"勿以暴力抗恶",提倡"道德自我完善"。
② 新活力论是19世纪末叶出现的一种学说,认为生物的机能是由一种活力而不是由物质所产生。

坦诚对我说道：

"亲爱的阿列克谢·马克西莫维奇，我什么也不需要，什么研究院呀，科学呀，飞机呀，所有这一切毫无用处，都是多余的！我只需要一个安静的角落和一个娘儿们，只要我愿意，就可以吻她，而她回报我的是，心灵和肉体上都对我忠实——这就行了！您是按照知识分子的思路来考虑问题的，您已经不是我们的人了，而是中了毒的人，对您来说，思想高于人们，您是否也像犹太人那样考虑：人是为安息日设立的呢？①"

"犹太人不是这样考虑的……"

"鬼知道他们是怎样考虑的——这个不可理解的民族。"他把烟头扔到河里，一面注视着落水的烟头，一面回答道。

我们坐在涅瓦河沿岸街上的花岗石长凳上，这是一个明月当空的秋夜，我们两人在白天固执地想做些有益的好事，但是往往成为泡影，徒劳无益的焦急折磨得我们痛苦不堪。

"您跟我们在一起，但是您不是我们的人，这就是我要说的话，"他继续沉思着低声说，"知识分子喜欢过不平静的生活，他们自古以来，加入到造反的行列里去。就像基督是个空想家，为了造福于地面上的人们这个目的，便造起反来；整个知识分子阶层同样地为了乌托邦而起来造反。只要有一个空想家起来造反，那么，所有的废物、坏蛋和败类都跟他一起造反，这些人怀着恶意，因为他们看到生活里没

---

① 出自《新约·马可福音》第二章第二十三至二十八节。耶稣的门徒在安息日做了事，法利赛人认为不应该，耶稣回答道："安息日是为人设立的，人不是为安息日设立的。"

有他们的地位。工人们为革命而起来暴动，他们需要获得劳动工具和劳动生产品的合理分配。一旦他们完全夺取了政权，您以为他们会同意建立国家吗？绝不会的！到时候大家分道扬镳，各行其是，为自己建造一个安乐窝……

"您说到技术吗？那么，它会把我们脖子上的绞索勒得更紧，把我们的身子捆得更牢些。这可不行，人们应该从不必要的劳动中解脱出来，人们愿意过安逸的生活。可是工厂和科学技术不会给人们安逸的。一个人所需要的东西并不多。我只需要一所小房子，为什么我要占很大的地方去建造一座城市呢？哪里的人挤得成堆成群——哪里就搞起了自来水管道、排水系统和电气设备。您试一试，不要这些东西过活——那生活该多么轻松！不该这样，我们这里有许多不必要的东西，这一切都是知识分子折腾出来的，所以我要说，知识分子是一类有害的人哩。"

我说道，世上没有一个人会像我们俄国人那样坚决而又彻底地使得生活失掉意义。

"俄国人在精神上是最自由的。"我的交谈者苦笑了一下，说道，"只不过您不要生气，我的推论是正确的，我们有千百万人也是这样想的，就是不说出来而已……应该把生活安排得简单些，那么生活将会对人们更仁慈些……"

我非常清楚这个人的思想发展过程，他从来也不是一个"托尔斯泰主义者"，也不倾向于无政府主义。

在与他谈话之后，我不由得想道：如果千百万俄国人真是仅仅为了在心灵深处抱着摆脱劳动的希望而忍受革命的难堪痛苦，将会怎么样呢？花最少的劳动，得到最大的享受，这和所有实现不了的幻想、形形色色的乌托邦一样,颇有诱惑力。

于是我记起了亨利·易卜生①的一段诗:

我是保守派吗?啊,不!
我,还是以往的我,一生未变;
我不喜欢一步步地将棋子拨转,
我要把整个一局棋全推翻。

记得只有一次革命,
它比以后的哪一次都聪明,
我指的是那世界性的大洪水②,
那次洪水本来可以把一切全冲毁。

可是,那一回魔王还是受了骗,
您知道,挪亚又做了独裁者!

啊!如果您做得光明正大,
我可以答应帮您一把力。
您快引来世界性的大洪水,
我很乐意往方舟下放鱼雷!

---

① 易卜生(1828—1906),挪威戏剧家和诗人。
② 出自《旧约·创世记》第六至九章。上帝看见地上的人们罪恶深重,要用洪水毁灭世界,并嘱咐义人挪亚造一只方舟,带他全家人和地上的生物雌雄各一对进入方舟避难,等洪水退了以后,上帝命令挪亚统治地上的万物。

杰连科夫的小铺子的收入微不足道，可是需要物质上帮助的人和"事"的数量越来越多了。

"要想点法儿才行。"安德烈担心地说，不时摸摸小胡子，他抱歉地微笑着，难过地叹气。

我感觉到，这个人自认为被判了帮助他人的无期苦役，虽然他安于受罚，然而有时候他仍然感到苦恼。

不止一次我用不同的话问他：

"您为什么要做这样的事呢？"

他大概不明白我的提问，他回答"为什么？"这个问题时，他用书面语言，用令人费解的词儿谈起人民的痛苦生活和给人民教育于知识的必要性。

"那人们想得到知识、寻求知识吗？"

"嗯，那还用说！当然！您不是也想得到知识吗？"

是的，我很想得到知识。然而我想起了那个历史教师的一番话："人们寻求的是忘记和安慰，并不是知识。"

一个十七岁的年轻人同那些人谈论这样尖锐的思想是有害的，这些谈论使思想迟钝起来，而那些人也说服不了对方。

我开始觉得，我随时随地看到同一个现象：人们喜欢听有趣的故事，仅仅是因为这些故事能使他们暂时忘却沉重而又习惯了的生活。故事里"虚构"的情节越多，人们就越喜欢听，那种有许多美丽的"虚构"情节的书是最最有趣的书。简言之，犹如在令人昏眩的云雾中游泳，弄得人晕头转向。

杰连科夫考虑后决定开一间面包店①。记得当时十分精确地计算过，这个生意应该可以使每一个周转的卢布提供百分之三十五的利润。我应该以"自己人"的身份来当面包师的"帮手"，时时注意不让那个面包师有机会偷窃面粉、鸡蛋、黄油和烤好的面包。

于是，我从一个肮脏的大地下室搬到了一个比较干净的小地下室，这个地下室的卫生是我负责的。在那里是四十个人的劳动组合，而这里在我面前只有一个人。这个人两鬓已苍白，蓄着一撮山羊胡子，有一张干巴巴的、熏黑的脸，一双若有所思的黑眼睛和一张怪模怪样的嘴巴：小得像鲈鱼嘴，浮肿的厚厚的嘴唇长得像他心里想着在跟人接吻似的。他的眼睛深处闪现出一种嘲笑的神情。

不消说，他也偷东西，在开始工作的头一夜，就把十个鸡蛋、约三磅面粉和一大块黄油搁在一边。

"这些东西你做什么呢？"

"这些东西给一个小姑娘，"他友好地说道，皱了皱鼻梁，补充说，"一个很——很好的小姑娘！"

我试着让他相信，偷窃是一种犯罪行为。（要不是我缺乏口才，就是我自己也不够坚定地相信我企图证明的理由）但是我的话毫无效果。

面包师躺在搁生面团的柜子上，望着窗外的星星，惊奇地嘟哝道：

"他竟教训起我来了！初次见面，就摆好架势——训人！可是他

---

① 该店开设于1886年夏，当时想用该店的收入来支持喀山小组的活动和贫困的大学生。

自己的年龄还没有我的三分之一，太可笑了⋯⋯"

他凝神看了看星星，接着问我道：

"我好像在哪儿见过你，你以前在谁家干过活儿？在谢苗诺夫那里吗？就是有人造过反的那一家吗[①]？是这样。嗯，那么，我在梦里见过你⋯⋯"

过了几天，我发现这个人非常能睡觉，不论什么样的姿势，甚至扶住铁铲站着也能睡觉。他睡着的时候，眉毛微微上抬，脸也奇怪地变了样，流露出一副讥讽而又惊奇的表情。他最喜欢谈的话题是讲埋藏的宝物和梦境。他深信不疑地说道：

"我能看透大地，整个大地就像个大馅饼，里面装满了财宝：一锅锅的钱，一只只大箱子，到处埋藏着生铁。曾经有好多次，我梦见一个熟悉的地方，比如说，梦见了澡堂子，它的墙角底下埋着一大箱银碗碟。我一醒，连夜就去挖，挖了一尺半[②]深，一瞧，是煤炭渣和狗的头盖骨。我找到的就是这些玩意儿！⋯⋯突然哗啦一声——窗玻璃碰得粉碎。有个娘儿们扯开嗓子狂叫：'救命啊，有贼！'当然我拔脚就逃，要不然，人们会把我打得皮开肉绽的。太可笑了。"

我经常听到他说"太可笑了"这句话，可是伊万·科兹米奇·卢托宁自己却不笑，仅仅含着笑意眯缝起眼睛，皱着鼻梁，张大鼻孔而已。

他的梦没有什么奇异的，跟现实生活一样令人感到无聊和荒谬。我真不明白，他为什么对讲自己的梦有着浓厚的兴趣，面对他周围的

[①] 发生的时间是1886年春，高尔基曾参与此事。
[②] 指俄尺，1俄尺合0.711公尺。

现实生活却不喜欢谈论呢？①

整个城市沸腾起来：一个被迫出嫁的富茶商的女儿刚举行婚礼就开枪自杀了②。成群的青年，有数千人，跟在她的灵柩后面为她送葬。在她墓前，大学生们发表演说，警察跑来驱散他们。与我们面包房相邻的那间小店铺里，大家都大声谈论着这个悲剧。店铺后面的一个房间挤满了大学生。激昂的声音和尖锐的言辞传到我们的地下室来。

"这个姑娘就是因为挨打太少了。"卢托宁说道，紧接着他告诉我：

"我好像正在池塘里捕捉鲫鱼，突然出现个警察，他喊道：'停住，你好大胆！'我没有地方好逃，便往水里钻去，就醒了……"

虽然卢托宁对他周围的现实生活很不关心，但他很快就感觉到了这家面包店有些不同寻常：在店里做生意的是两个不在行、喜欢读书的年轻姑娘——老板的妹妹和她的女友。这个女友身材高大，两颊绯红，生就一双温柔可亲的眼睛。大学生们常来这儿，久久地待在店铺后面的房间里，不是大声叫嚷，就是窃窃私语。老板很少到店里来，而我这个当"帮手"的，却像这个面包店的主管人。

"你是老板的亲戚吗？"卢托宁问道，"也许他有意要认你做妹夫吧？不是吗？太可笑了。那么，这些大学生干吗来这儿闲逛呢？为了姑娘来的……嗯，是的，这有可能……虽然这两个姑娘的相貌不太吊人胃口……这帮大学生大概来吃甜面包的劲头比来玩姑娘的劲头更

---

① （19世纪）90年代末，我在一本考古学杂志上读到卢托宁－科罗维亚科夫曾在奇斯托波尔县的某个地方找到了地下财宝——一罐阿拉伯钱币。——作者注
② 时间是1885年1月。

大吧……"

几乎每天清晨五六点钟的时候，总有一个短腿的姑娘出现在面包房临街的窗户旁边，她长得像由各种不同尺寸的半圈的球摞起来似的，仿佛是一只装着西瓜的袋子。她的两只光脚站在地下室窗前的坑道里，一面不断地打着哈欠，一面叫唤着：

"瓦尼亚！"①

她头上戴一条花花绿绿的头巾，头巾下面露出鬈曲的浅色头发，小圆环状的鬈发盖满了她那红红的、像球似的鼓起的面颊和低低的前额，痒痒地拂着她那半睡半醒的眼睛。她用一双小手迟缓地把头发从脸上撩开。她的手指像新生婴儿的手指一样好玩地伸张着。真有意思——跟这样一个姑娘有什么可谈的呢？我把面包师叫醒了，他问她道：

"你来了吗？"

"你不看见了。"

"觉睡好了吗？"

"嗯，那还用说。"

"你梦见什么了？"

"不记得了……"

这时候城里还是静悄悄的。不过，能听到清道夫在某处扫地的沙沙声，刚刚睡醒的麻雀叽叽啾啾地叫着。朝阳暖融融的光辉照着窗玻璃。这些令人遐想的早晨使我感到愉快。面包师把毛茸茸的手伸出窗口去抚摸姑娘的两条大腿，她毫无反应地任由他抚摸，她没

---

① 瓦尼亚是伊万的爱称。

有笑，只是眨巴着绵羊般温顺的眼睛。

"彼什科夫，把奶油鸡蛋面包取出来，到时候了！"

我从炉子里把一个个铁烤盘取出来，面包师从烤盘里抓起十来个奶油小面包、千层面包和梭形面包，把它们扔进姑娘张开的衣裙里；她把一个滚烫的奶油小面包反复从一只手掌颠到另一只手掌里，接着用绵羊似的黄牙齿咬面包，烫痛了，气得呻吟起来，发出牛叫似的哞哞声。

面包师欣赏着她，说道：

"把衣裙放下去，你这个不知害臊的妞儿……"

姑娘离去后，他在我面前夸耀道：

"你看见了吗？像只小母羊，满头的鬈发，老弟，我是个爱干净的人呢，不跟婆娘同居，只跟姑娘们在一起。这是我的第十三个啦，是尼基福雷奇的教女。"

我听着他这番欣喜若狂的话，自己思索着。

"我是否也该这样生活呢？"

我从炉子里取出了论重量出售的白面包，把十个白面包和十二个大圆面包放到一个长长的木托盘里，赶紧送到杰连科夫的面包店去；回转来又把甜面包和奶油鸡蛋面包装满一只可盛两普特重的筐里，连走带跑地送到神学院去。为了赶上大学生们吃早点的时候，在那儿，我站在大食堂的门口，把甜面包卖给大学生们，有的"记账"，有的收"现钱"——我站着，同时听着他们对托尔斯泰的争论：神学院有一个名叫古谢夫的教授，是列夫·托尔斯泰的死对头。有时我的筐里，面包底下放着几本小册子，我必须悄悄地把它们塞到这个或者那个大学生的手中，有时大学生们也把书本和便条藏到我的筐里。

我每周有一次跑得更远，要到"疯人院"去，在那儿，有一位名叫别赫捷列夫的精神病专家，他以展示病人的方式，给大学生们讲课。有一回，他给大学生们展示一个患夸大狂的病人，当这个穿着白色衣服、戴着一顶像长筒袜子那样的椭圆形帽子的瘦长病人在教室门口出现时，我不由自主地笑了一声，他走到我身旁的时候停了一下，朝我的脸瞧了一会儿，我立即跳开，仿佛他用阴郁火辣的目光刺着我的心似的。别赫捷列夫捋着胡子恭恭敬敬地和病人谈话的时候，我一直在用手掌悄悄抚摸我那仿佛被热灰烫伤了的脸。

病人说话的声音很低沉，他说了个要求，从白大褂的袖子里令人恐惧地伸出一只长手，手指也是长长的。我觉得他的整个身子似乎也在反常地伸长，无止境地伸长，好像他用这只发黑的手可以在原地伸到我跟前，掐住我的喉咙似的。他那瘦削的脸上发黑的眼窝下陷，一双黑眼睛威严地闪射出犀利的目光，令人恐惧。二十来个大学生仔细地瞧着这个戴着离奇古怪的高帽的人，少数大学生在微笑，多数人集中着注意力，露出悲伤的神情。他们的眼睛与病人那火辣辣的眼睛相比，显得非常平凡一般。病人使人感到毛骨悚然，他身上有着某种庄严——肯定有！

在大学生们鱼一般默不作声中，别赫捷列夫教授的声音清晰地响彻着，他的每一个问题都引起病人低沉嗓音的严厉叱喝，这种低沉的嗓音仿佛发自地板底下，来自无缝的白色墙壁里，病人的行动像高级僧侣似的缓慢而高傲。

这天夜里，我写了一首关于狂躁者的诗，把他称作"众多主宰之主宰，上帝的朋友和顾问"，他的形象久久地留在我的记忆中，扰乱了我的生活。

我每天从晚上六点钟开始工作，差不多一直要干到第二天的中午，白天我要睡觉，所以只有忙里偷闲，当一团面粉刚刚和好、等待另一团面粉发酵的时候，或面包上炉烘烤的时候，才能看一点书。随着我渐渐掌握这门手艺的奥秘，面包师干的活儿越来越少了。他以亲切而惊讶的口吻"教导"我说：

"你干活儿挺在行的，再过上一两年工夫，你就成为面包师了，太可笑了。你太年轻，人家不会听你的，也不会尊重你……"

他对我热爱书籍抱着不赞成的态度：

"你最好别看书了，去睡觉吧。"他关切地劝我，然而从来也没有问过我看的是什么书。

做梦，幻想地下埋藏的财宝和那个圆滚滚的短腿姑娘完全把他占有了。这个姑娘常常在夜里来，于是他把姑娘领到过道屋里堆放的面粉袋子上，或者（如果天气冷的话）皱一皱鼻梁对我说道："你出去半个钟头吧！"

我离开时想道："这样的爱情跟书上所写的是多么不同呀……"

老板的妹妹住在店铺后面的小房间里，我常常替她烧茶炊，但是我尽可能少与她见面，因为我跟她在一起时，感到发窘。她那孩子般的眼睛仍然用令人难以忍受的目光瞧着我，与最初几次见面时一样，我觉得她的眼睛深处蕴藏着微笑，但似乎是一种嘲讽的微笑。

由于我五大三粗，非常不灵活，面包师一面观察着我翻动和搬运五普特重的面粉袋，一面遗憾地说道：

"你的力气能顶三个人，可是机灵劲却没有！尽管你的个子很高，可还是一条牛……"

虽然我已经读过不少的书，很喜欢读诗，并且我自己也开始写诗，我用"自己的词儿"来写作。我觉得我的词句很沉重，而且生硬，但是我认为只有用这些词句才能表达我极端纷乱的思想。有时为了抗议某些与我格格不入的和激起我愤怒的东西，我故意用特别粗野的词。

我有过好几位教师，其中一位是数学系的大学生，他责备我道："鬼知道您是怎样表达的。您不是用词而是用秤砣！"

总之，我不喜欢我自己，就像半大孩子常有的情况那样；我认为自己既可笑又粗鲁，我的长相像卡尔梅克人①，生就一张颧骨突出的脸，我一说话，嗓子就不听从我的使唤。

可是老板的妹妹行动起来，犹如空中的燕子似的迅速而灵活，但是我觉得她那轻盈的动作与她圆圆的、柔软的体形不很相称。她的姿势和步态也有些矫揉造作，她说话的声音愉快迷人，她常常发出笑声，我听到这种响亮的笑声时，我认为，她很想使我忘记第一次见到她的样子。可是我不愿意忘却这个，不同寻常的事物对我来说是很珍贵的，我需要知道那些可能发生的和已经存在的不同寻常的事物。

有时候她问我道：

"您在读什么书？"

我简短地回答她，并且很想问她：

"您干吗要知道这个呢？"

有一回，面包师一面抚爱着那个短腿姑娘，用陶醉的声音对我说道：

"你出去一会儿吧。嗨，你最好到老板的妹妹那儿去，干吗要错

---

① 卡尔梅克人是原苏联境内蒙古游牧民族。

过机会呢?要知道,那些大学生……"

我发了誓,要是他再说这类话,我就用秤砣砸碎他的脑袋,旋即离开,往堆着面粉袋的过道屋走去。从没有关严的门缝里,我听到卢托宁的声音:

"我干吗要生他的气?他啃饱了书本,像个疯子似的活着……"

过道屋里老鼠到处乱窜,吱吱乱叫,面包房里姑娘像牛似的哞哞叫着,呻吟着。我走进院子里去,正下着毛毛雨,雨丝飘飘,几乎没有一点声息。但是仍然感到很气闷,空气里充斥着焦煳味——某处森林着火了。时间早已到后半夜了。面包店对面屋子的几扇窗户开着,在几个灯光暗淡的房间里有人在唱歌:

圣徒瓦尔拉米①
头上光轮金灿灿,
凌空向她们望呀,
脸上笑嘻嘻……

我试着想象玛丽亚·杰连科娃躺在我的双膝上,就跟面包师的姑娘躺在他的双膝上一样,可是我心里感觉到这是不可能的,甚至是令人惶惶不安的。

从天黑直到天亮,

---

① 瓦尔拉米是基督教的圣徒。这是当时流行在喀山神学院学生中间的一首歌,歌名叫《从早到晚》。

他又饮酒又歌唱，

噢！还有些事儿

他也干得欢……

  在合唱声中，充满激情地突出了这个浑厚的低音"噢"。我双手支撑在膝盖上，探着身往一扇窗户里面望去：透过钩花编织的镂空窗帘，我能看到一个四方形的小屋，一盏天蓝色灯罩的小灯照亮了小屋的灰色墙壁。灯前，一个姑娘面对窗户坐着在书写什么。瞧，她抬起头来了，用红笔杆把鬓角上的一绺头发整了整。她的双眼眯缝着，脸蛋儿笑盈盈的。她慢慢地把信折起来，装入信封，用舌尖沿着信封口的边上一舔，把信封上了，然后将信封扔到桌上，用比我的小指还要小的食指向它威胁地点了点，又重新拿起信，皱着眉头把它扯开，又看了一遍，把信装进另一个信封里，伏案书写地址，写好后，举起信封像摇一面小白旗似的在空中来回摇晃。她旋转身子，拍着手向她床铺所在的屋角走去，后来又从那里出来，脱下短上衣，露出圆得像炸松的油炸饼似的肩膀，从桌上拿起灯又消失在屋角里了。你观察一个人独处时的举动时，你会觉得他像个疯子。我在院子里来回走着，一面想道：这个姑娘单独一人在自己小屋里过的生活是很奇怪的。

  然而，那个浅棕红色头发的大学生来她这儿，用压低得几乎是耳语的声音对她说了些什么，这时她全身缩了起来，样子变得更小了，她羞怯地望着他，将双手藏在背后或者藏到桌子底下。我不喜欢这个红头发的人，非常不喜欢他。

  短腿姑娘裹在方巾里，摇摇晃晃地走出来了，对我咕噜地说："到面包房里去吧……"

面包师一面从柜子里把面团一个接一个地往外抛,一面讲给我听,他所钟情的姑娘是多么令人快慰和不知疲乏。而我却在考虑:"我今后会怎么样呢?"

我感觉到似乎在很近的某个地方,在角落后面有个不幸的事件正在等待着我。

面包店的生意这样兴隆,使得杰连科夫已经在寻找另一个更宽大的面包房,并且决定再雇一个帮手。这是很好的,我的活儿太多了,天天累得我头昏脑涨。

"到了新的面包房,你就当大帮手。"面包师对我许愿道,"我去说一说,让东家把你的工钱提到每月十个卢布。该这样。"

我很清楚,他有我这个大帮手对他是有利的,因为他不喜欢干活儿,而我却很愿意干活儿,劳累对我有好处,劳累能消除我心灵中的不安,劳累能抑制性本能的强烈要求。但是书也就读不成了。

"你把书本扔了,这很好。老鼠把它们啃光才好呢!"面包师说道,"难道你没有做过梦吗?大概,你也做梦,只不过你不坦率,不肯说罢了!太可笑了。要知道,讲讲梦是最不会惹是生非的了,没有什么好担心的……"

他对我很亲切,好像对我还尊重。也许他怕我是东家安插的人,不过这并没有妨碍他不间断地偷窃商品。

我的外婆死了[①]。她死亡的噩耗,我是在她安葬以后七周,接到我表兄弟的来信才知道的。他在那封简短的、不加逗号的信里说,我外婆上教堂门口去讨施舍的时候,摔在台阶上,摔断了一条腿。到第八

---

① 时间是 1887 年 2 月。

天,突然得了坏疽①病。后来我又听说,我的两个表兄弟和一个表姐以及她的几个孩子(又健康又年轻的人)全都加重了老太婆的负担,靠她讨来的施舍糊口。老太婆病了,他们没想到要请个医生来瞧一瞧。

信里这样写道:

> 她埋葬在彼得罗巴甫洛夫墓地我们全家给她送葬还有一群乞丐他们很爱她并且哭了。爷爷也哭了他把我们赶开他自己一个人留在坟上我们从灌木林里看着他哭他不多久也要死的。

我没有哭,记得当时只有一股冰冷的寒风向我袭来。那天夜里,我坐在院子里的劈柴堆上,我感觉到有一个强烈的愿望:对谁讲讲我的外婆,讲讲她是一个多么热忱而聪明的人,是所有人的母亲。我在心里久久地藏着这个痛苦的愿望,可是找不到听我讲的人,于是这个愿望没有实现,便渐渐地消失了。

过了许多年后,当我读到契诃夫的一篇非常真实的短篇小说②时,我又回忆起这些日子来。契诃夫描写了一个马车夫跟一匹马谈着他儿子的死。遗憾的是在我那些极度忧伤的日子里,我身边既没有马,也没有狗,我也没有想到把悲痛告诉老鼠,面包房里老鼠倒是有许多许多,并且我和它们相处得非常友好。

---

① 坏疽,因外伤等引起局部血液循环障碍而造成的组织坏死。
② 指《忧伤》,又译为《苦恼》。

警察尼基福雷奇像老鹰似的开始在我周围打转。他体态端正,身板结实,蓄着一头又短又硬的银发,一把精心修剪的又宽又密的胡子。他一面津津有味地咂着嘴,一面瞧着我,如同瞧一只在圣诞节前宰杀了的鹅一样。

"我听说你很喜欢读书,是吗?"他问道,"你喜欢读什么样的书,能举些例子吗?比方说,《圣徒传》呢,还是《圣经》呢?"

"两本书我都读过。"这使尼基福雷奇大为惊讶,想必把他弄糊涂了。

"是吗?读书是件合法有益的事情!你是否有机会读读托尔斯泰伯爵的作品呢?"

我也读托尔斯泰的著作,但是看来这不是警察所关心的那些作品。

"我们这么说,这些都是一般的,所有的人都这样写,可是据说他在几本书里反对神父,这些书倒可以读一读!"

"几本书"是胶版印的①,我也读过,但是我觉得这些书枯燥无味,我懂得跟警察是不应该谈论这些书的。

经过几次在街上边走边谈之后,这老头儿开始邀请我上他那儿去做客:

"到我的哨舍来吧,喝喝茶。"

我当然明白,他要从我这里得到些什么,不过我仍然愿意到他那里去。与一些聪明人商量之后,认为我倘若回避这个岗警的好意,会

---

① 指阿·托尔斯泰的宗教哲学著作,当时为教会的检察机构所禁止,但却以秘密方式在流传。

加深他对面包房的怀疑的。

于是,我就到尼基福雷奇这里做客来了。在这个简陋的斗室里,俄式炉子占了三分之一的面积,另一个三分之一的地方放着一张挂着印花布幔帐的双人床,床上有好多个大红布套子的枕头和靠枕,剩下的空间点缀着一个碗橱,一张桌子,两把椅子和窗下的一条长板凳。尼基福雷奇解开了制服,坐在板凳上,他的身体遮住了唯一的小窗户,他的妻子坐在我旁边,这是个脸膛红红的、胸脯丰满的二十来岁的小娘儿们;她那双颜色奇异、灰蓝色的眼睛既调皮又凶狠,她调皮地噘着鲜红的嘴唇,说话的声音干巴巴的,听起来好像在生气。

"我听说,"警察说道,"我的教女谢古列捷娅常常到你们面包房去,这个放荡下贱的东西。看来所有的娘儿们都是贱骨头。"

"都是?"他的妻子问道。

"没有一个不是!"尼基福雷奇坚决肯定地说道,一面把胸上的奖章晃得叮当响,就像马震动马具似的。他从茶碟里喝了一口茶后,兴趣十足地重复着:

"从最低级的娼妓……直到女皇,连女皇在内,一个个都是放荡和下贱的!示巴女王①越过两千俄里②的沙漠去找所罗门王,为的是去过淫乱放荡的生活。叶卡捷琳娜女皇虽然号称大帝,可是她也是这样的……"

他详细地叙述了一个锅炉工人的故事,此人同女皇过了一夜,得

---

① 出自《旧约·列王纪上》第十章。示巴女王听了所罗门王的名声,曾用骆驼驮着香料、宝石和金子来见所罗门王,把心里话都告诉了他。

② 1俄里合1.067公里。

到了所有的军衔,从军士到将军。他妻子注意地听着,不断地舔着嘴唇,同时在桌子底下用脚碰我的脚。尼基福雷奇用风趣的词儿从容不迫地说着,不知怎的我没有觉察,他已经转到了另一个话题上来了:

"这里有个一年级大学生普列特尼奥夫,就拿他来说吧。"

他的夫人叹了一口气,插话道:

"长得不漂亮,可是人——不错!"

"你说谁?"

"普列特尼奥夫先生。"

"第一,现在他不是先生,将来可以当先生,这要等他书念好以后。目前他只是一个普通的大学生,这样的大学生我们有成千上万。第二,你说他不错,这是什么意思?"

"总是高高兴兴的,又年轻。"

"第一,滑稽草台戏里的小丑也是高高兴兴的……"

"小丑是为了赚钱才高兴的。"

"嘘!第二,大狗不比小狗差……"

"小丑好像猴子……"

"嘘,我已经说过了,让你住嘴,顺便再提提!听见了吗?"

"嗯,听见了。"

"这才是啦……"

尼基福雷奇制伏了妻子,向我建议道:

"这就是说,你去认识认识普列特尼奥夫,他是个很有趣的人!"

因为他看见过我跟普列特尼奥夫一起在街上走,大概不止一次,所以我说道:

"我们认识。"

"是吗？原来如此……"

他的话里流露出一种懊恼，他蓦地动着身子，胸上一枚枚奖章叮当作响。我立即警惕起来，因为我知道普列特尼奥夫正在用胶版印一种传单。

这个女人一面用脚碰我，一面调皮地故意挑逗老头儿，而他像孔雀开屏似的卖弄着自己的言语。他太太的恶作剧妨碍我听他说话。我又没有觉察到，他什么时候改变了语调，声音变得更低，更有感染力了：

"这是一条看不见的线，你明白吗？"他问我并且用两只瞪得圆圆的眼睛瞧着我的脸，仿佛害怕什么似的说道，"你把皇帝陛下当作一只蜘蛛……"

"哎哟，你怎么啦！"这女人高声叫起来。

"你——住嘴！蠢货，这样说是为了好懂，并不是辱骂。母狗！把茶炊收拾走……"

他皱了皱眉，眯缝起眼睛，颇有感染力地继续说道：

"这条看不见的线，仿佛是一张蜘蛛网，以皇帝陛下亚历山大三世等人为中心，通过各部大臣，通过省长大人，以及各级官吏一直通到我这里，甚至通到下等兵。这条线把一切都联结在一起，把一切都网了起来，它像一座无形的堡垒维持着沙皇千秋万代的王朝。可是那帮子被狡猾的英国女王收买了的波兰人、犹太人和俄罗斯人，尽力设法找到机会扯断这条线，他们在为人民的幌子下四处活动！"

他隔着桌子探过身俯向我，以令人生畏的低语问道：

"你懂吗？正是如此。我为什么对你说这些呢？因为你的面包师夸你，他说你是个又聪明又老实的小伙子，还是个单身汉。

可是大学生们常到你们面包店里去逛荡，天天夜里在杰连科娃那儿待着。倘若只有一个人，这好理解。可是许多人呢，那就是另一回事了。反对大学生的话我不说——今天他是个大学生，而明天就可能是个副检察官。大学生们是好人，只不过他们急于要进入角色，沙皇的敌人又在怂恿他们！你明白吗？我还要说一说……"

然而他还没有来得及说，门已经敞得大大的，走进来一个红鼻子的小老头，长满鬈发的头上扎着一条小皮带，手里拿着一瓶伏特加，已经喝得醉醺醺了。

"咱们来下盘跳棋吧？"他高兴地问道，立即说起俏皮话来，他全身闪烁着俏皮话的光彩。

"这是我的丈人，我妻子的父亲。"尼基福雷奇阴沉沉地说道，露出懊恼的神情。

过了几分钟，我告别他们走了出来，这个调皮的娘儿们跟着我出来关哨舍的门时，捏了我一把，说道：

"云彩多么红呀，红得像火一样！"

天上一朵小小的金色云彩渐渐消失了。

我并不愿意得罪我的老师们，不过我仍然要说，这个岗警比他们更果断、更直观地给我讲解了国家机构的体制。某个地方待着一只蜘蛛，它作为起点，有"一条看不见的线"伸展出去，把全部生活都牢牢地联结起来，控制起来。我很快学会到处去觉察这条线结成的种种坚实的活扣。

夜晚店铺关门之后，女东家把我叫到她那儿，她摆出一副认真办事的架势告诉我，她受委托要了解一下岗警对我说了些什么话。

"哎呀,我的上帝!"她听完我详细的报告之后,惊慌地高声叫喊起来,然后像老鼠似的从一个屋角窜到另一个屋角,不断地摇着头说道,"怎么,面包师没有向您探问任何事情吗?要知道他的情人是尼基福雷奇的亲戚,不是吗?应该把他赶走。"

我靠着门框站在那里,蹙额望着她。她不知怎的太随便地说出"情人"这个词儿来,这一点我很不喜欢,她要赶走面包师的决定也使我不高兴。

"您要千万小心。"她说道,她那双眼睛的敏锐目光,似乎在询问我所不能理解的事情,和往常一样,总使得我不知所措。她背着双手,站到了我的面前。

"您为什么总是这样愁眉苦脸的呢?"

"不久前我外婆死了。"

这使她感到滑稽可笑,她笑盈盈地问道:

"您非常爱她吗?"

"是的。您再也不需要什么了吗?"

"不需要了。"

我离去后连夜写了一首诗,记得诗里有这样一行不断出现的句子:

> 您不是那个您想装作的人。

当时做了决定,让大学生们尽量少到面包店里来,我见不到他们,几乎找不到人可以请教我在阅读中遇到的不懂的地方,于是便把我所感兴趣的问题记在本子上。但是有一次,我实在太累了,竟趴在本子上睡着了。面包师看了我的笔记，他把我叫醒后问道：

"你这是写的什么呀？'加里波第为什么不把国王赶走？'①加里波第究竟是谁？难道可以把国王赶走吗？"

他生气地把本子往柜上一扔，爬进了浅坑，他在那里嘟哝道：

"请你讲讲吧——国王需要他来赶走吗？太可笑了。快把你这些古怪的念头抛掉吧。好一个读者，五年前在萨控托夫，宪兵们像逮老鼠似的抓这样的读者，是的。即使没有这个事，尼基福雷奇也注意上你了，你别再想赶走国王了，国王可不是鸽子啊！"

他说这番话出于对我的一片好心，可是我却不能照我愿意说的话来回答他，因为人们禁止我跟面包师谈这种"危险的话题"。

当时城里正在传阅一本轰动一时的小册子，读了这本书的人们便争论不休。我请求兽医拉夫罗夫也给我找这本小册子，他流露出无望的神情，说道：

"唉，没法儿，老弟，别指望了吧！不过，好像有一个地方最近几天内要宣读这本小册子，到时候我或许带您去听听……"

圣母升天节②那天午夜，在阿尔斯克平原上，我透过黑暗，跟着拉夫罗夫的身影走着，他走在我前面五十来丈③远。平原上空无一人，可是我仍然按照拉夫罗夫的建议："采取预防措施"，我吹着口哨，哼着歌曲，装成"微有醉意的工匠"。我的上方缓慢地浮动着一片片乌

---

① 1860年，意大利民族解放运动领袖加里波第率领志愿军占领西西里，随之占领那不勒斯，解放了波旁王朝统治下的那不勒斯王国。接着，在当地大部分居民要求下，加里波第将统一运动的领导权让给了皮埃蒙特国王爱麦虞限二世。
② 圣母升天节是8月15日。
③ 指俄丈，1俄丈合2.134米。

云,云层之间滚动着银盘似的月亮,大地上蒙盖着一片阴影。一处处水洼闪烁着银色或者钢色的光亮。城市在我背后生气似的发出低沉的声响。

我的引路人走到神学院后面的一个园子的围墙旁边站住了,我急忙赶上了他。我们悄悄地翻过了围墙,穿过长满密密麻麻的杂草的园子,一碰到树枝,就有大滴大滴的水珠落到我们身上。我们来到了一座房屋的墙根前,轻轻地敲了敲关得严实的窗户的护窗板,一个留胡子的人把窗户打开了,在他身后我看到一片漆黑,也听不到一点声音。

"谁?"

"从雅科夫那儿来的。"

"爬进来吧。"

在伸手不见五指的黑暗中,我感觉得到有许多人在场,听得见衣服和鞋子的窸窣声,轻轻的咳嗽声和低语声。不时有人划亮火柴,照到我脸上,我看见靠墙角的地板上有几个黑色的人影子。

"全来了吗?"

"全来了。"

"挂上窗帘吧,别让灯光从窗板缝里透出去。"

一个很响的声音生气地说道:

"是哪个聪明人想出来的,把我们召集到这样一所不住人的房子里来?"

"安静!"

屋角点起了一盏小灯。屋里空空的,没有家具,只有两只木箱,上面架着一长块木板,板子上坐着五个人,好像寒鸦落在围墙上似的。那盏灯也放在一只竖立着的木箱上。有三个人坐在靠墙角的地板上,窗台上坐着一个蓄着长发、脸色苍白、非常消瘦的青年。除了他和大胡子的人以外,我全都认识。大胡子用他那低沉的嗓音说,他要给大家念一本小册子《我们的意见分歧》①,它的作者是格奥尔其·普列汉诺夫,"曾经是个民意党人"。

昏暗中,坐在地板上的一个人吼叫起来:

"我们早知道啦!"

这种神秘的场面使我很激动,并且感到愉快:神秘的诗是最高超的诗。我觉得自己是个教堂里做早祷的教徒了,并且想起了古罗马时代的一种地下廊和初期的基督教徒们②。房间里充满了不响亮的男低音,念的词句非常清楚。

"胡说八道。"屋角里又有一个人吼叫起来。

在那边黑暗的地方,模模糊糊闪现着一件铜器,好像是罗马武士戴的铜头盔,我猜想,这是炉子上的通风口。

房间里响着压低的声音,这些声音搅在一起,成为言辞激烈的混乱嘈杂声,根本听不清楚谁在说什么。我脑袋上方的窗台上有人嘲笑地大声问道:

"咱们还念不念了?"

说这话的是那个蓄着长发、面色苍白的青年。大家不作声了。只剩下朗读者的低沉声音。不时有人划燃着火柴,卷烟闪亮着红光,照

---

① 民意党是民粹派里面的一个秘密团体。主张个人恐怖政策。1880年普列汉诺夫脱离民意党。《我们的意见分歧》(1885年)是普氏批判民粹派观点的主要著作。
② 在古罗马时代,最初的基督教徒受罗马皇帝的迫害,不敢公开活动,只得躲在地下廊里做礼拜。

着一张张沉思的脸,有的眯缝着眼睛,有的把眼睛睁得大大的。

读的时间太长,令人不耐烦,尽管我很喜欢这种锐利而激昂慷慨的词句,简洁易懂地表达出富有说服力的思想。但是我也听得疲倦了。

不知怎么,朗读者的声音突然中断了。房间里马上充满了气愤的高呼声:

"变节分子!"

"放空炮!"

"这是向英雄们流的鲜血吐唾沫。"

"这是在格涅拉洛夫①和乌里扬诺夫②被处决之后……"

从窗台上又传来那个青年的声音:

"先生们,能不能按问题的实质,用严肃的反驳来替代谩骂呢?"

我不喜欢这些争论,也不善于听这些争论,要注意他人变幻莫测又没有一贯性的兴奋思想,对我来说,这是一件很困难的事;而且这些争论者的那种赤裸裸的自负态度常常使我感到气愤。

那个青年从窗台上俯下身来问我道:

"您是面包师彼什科夫吗?我是费多谢耶夫③。咱们该相互认识一

---

① 格涅拉洛夫是彼得堡大学的学生,1887年3月1日参加民意党谋刺沙皇亚历山大三世未遂事件被捕,同年5月8日,在彼得堡被处绞刑。
② 亚历山大·伊里奇·乌里扬诺夫是列宁的哥哥。他是彼得堡大学数理系学生,因参加民意党主持对沙皇亚历山大三世谋刺活动,被宪兵逮捕,在彼得堡被处绞刑。
③ 费多谢耶夫(1871—1898),俄国初期的马克思主义者。后来在喀山创立了马克思主义小组,列宁也参加了这个小组。他曾写过许多反对民粹派的马克思主义著作。高尔基在喀山期间,他还是一个八年级的中学生。他的主要活动是在1888年至1889年间,此时高尔基已不在喀山。

下。说实在的,在这里没有什么好干的,这样吵吵嚷嚷,不管吵多久,也吵不出什么名堂来,咱们走吧!"

我已经听人家讲起过费多谢耶夫,他是一个很重要的青年小组的组织者。我很喜欢他那神经质的苍白的脸和那双深沉的眼睛。

他和我一起在田野里走着,问我在工人中间有没有熟人,我正在读什么书,空闲的时间多不多,他顺便说道:

"我听说过你们的这个面包店——令人纳闷,你们竟干些无谓的事情,你们这是为了什么?"

有些时候,我自己也感觉到做这些事情是没有必要的,我把这个想法告诉了他。我的话让他很高兴,他紧紧握了握我的手,一面爽朗地微笑着,告诉我说,后天他要外出三个星期,等他回来的时候会告知我用什么方式和在什么地方与他见面。

面包店的生意非常好,但是我本人的事情却越来越糟。自从我们搬到新的面包房以来,我所负责的工作更加多了。我要在面包房里干活,把小白面包挨门挨户送到住宅,送到神学院和"贵族女子中学"去。少女们一面从我的篮子里挑选奶油鸡蛋面包,一面悄悄地塞给我一些小便条。我常常在这些漂亮的小信纸上,十分惊讶地读到好像是孩子的笔迹写的、恬不知耻的词句。我感到很纳闷和不解,这群快活、整洁、眼睛明亮的小姐们围着篮子,有趣地做着鬼脸,用粉红色的小爪子逐个挑拣一堆小白面包;这时我瞧着她们,努力去猜想,究竟是哪几个姑娘给我写这些无耻的便条呢,或许她们不懂得便条里那不体面的意思?于是我想起了那些肮脏的"安慰屋",一面思忖着:

"难道从这些'安慰屋'里也有一条'看不见的线'伸展到这里来了?"

这群女学生中有一个胸脯丰满的黑头发姑娘,梳着一条粗大的辫子。她在走廊里拦住了我,急急忙忙地低声说道:

"如果你把这封便函按上面的地址送去,我给你十个戈比。"

她那温柔的黑眼睛里含着泪水,她望着我。紧紧地咬着嘴唇,面颊和耳朵涨得通红。我体面地拒绝了她的十个戈比,便函我拿了,并把它交给了高等法院一位法官的儿子——一个脸颊上泛着肺痨的红晕、高个儿的大学生。他要给我五十个戈比,默不作声地数出一把小铜币,当我说不要钱的时候,他把钢币塞回他的裤兜,但是没有放进里面去,钱币撒落到地板上。

他不知所措地望着这些五戈比和七戈比的钱币往四面八方滚去,使劲搓起了双手,把手指的关节搓得咔咔响,困难地喘着气说道:

"现在该怎么办呢?好,告别吧!我需要想一想……"

我不知道他想了些什么,但是我很可怜那位小姐。不久她就从这所中学消失了。可是隔了十五年,我再度遇见她的时候,她已经是克里米亚一所中学的教师,得了肺结核病,饱受了生活对她的凌辱,在她的谈话中流露出对世上一切的事情怀着极度的愤恨。

白天我送完面包之后才睡觉。晚上在面包房干活,赶在午夜时分把奶油鸡蛋面包烤好,并送到面包店去,面包店设在市立剧院旁边,夜场戏一散,观众们顺路到我们店里来吃热气腾腾的千层面包。接着我要揉论重量出售的大面包和法式小面包的生面,可是用两只手揉好十五到二十普特的面粉,这绝非是一件轻而易举的事。

我再睡上两三个小时的觉后,又要去家家户户送小白面包了。

天天过着这样的日子。

然而有一种非常强烈的欲望支配着我,这欲望就是想要传播"合理的、善良的和永恒的东西"①，我是个善于交际的人，我能把故事讲得活灵活现。我的想象力是由我的经历和阅读过的书籍激发出来的。我不需要费多大的力气就能把一个寻常的实例编造成一个有趣的故事，故事的素材里，变幻莫测地盘绕着那条"看不见的线"。我认识克列斯托夫尼科夫和阿拉富佐夫工厂的工人；我跟纺织工尼基塔·鲁布佐夫老人特别亲密，他几乎在俄罗斯所有的纺织厂都干过活儿，他是个性格不安定的很有头脑的人。

"我在世上混了五十七个年头了。我的列克谢·马克西美奇②，我的光屁股孩儿，我的崭新的小梭子啊！"他用压抑的声音说道，戴着墨镜的有毛病的灰色眼睛微笑着。这副墨镜是自制的，是他用铜丝绕成的，因此在他的鼻梁上和两耳的背面都沾上了绿色的铜锈。纺织工们叫他"德国佬"，因为他刮胡子时，留着密密的唇髭，在下嘴唇下面留上一撮浓密的白胡须。他中等身材，胸膛很宽阔，充满着悲欢交集的情感。

"我喜欢看马戏，"他把长着疙瘩的秃顶脑袋偏向左侧，说道，"马原本是畜生，它们是怎样训练出来的呢，啊？太欣慰了。我怀着敬意瞧着那些畜生，不禁想道：嗯，这么说，人也能训练得处处用理智办事啰。马戏演员们用糖来驯服畜生，嗯，当然啰，我们也能到小铺子里去买糖。我们的心灵需要糖，这糖就是亲切！小伙子，这就是说，一举一动要亲切待人，而不该像现在我们之间这样，动不动就拿劈柴打人，对不对？"

---

① 这是涅克拉索夫的诗作《致传播者》(1876) 中的诗句。
② 列克谢·马克西美奇是阿列克谢·马克西莫维奇的俗称。

他自己与人们相处并不亲切，跟人说话时带点儿蔑视和嘲笑，跟人争论时，用极简短的话，用喊叫声来反驳，努力设法惹对方生气，这是非常明显的。我是在一家啤酒馆里与他认识的，在一些人奔过来打他，并且已经揍了他两下的时候，我出来保护他，把他带走了。

"把您打痛了吗？"在蒙蒙秋雨中，同他摸黑走路时，我问道。

"得了吧！这算得了打吗？"他满不在乎地说，"你等一等，为什么你跟我说话用'您'呢？"

我们的相识从此开始了。起初，他常常既俏皮又恰到好处地嘲笑我，然而，我给他讲在我们生活中有一条"看不见的线"，这条线起着什么样的作用，这时他沉思地惊叹道：

"你可不笨，一点也不笨！真有你的！……"于是他以父亲般的亲切对待我了，甚至用名字和父称来称呼我。

"我的列克谢·马克西美奇，我亲爱的锥子啊，你的见解是正确的，只不过任何人都不会相信你的话，无利可图……"

"您相信吗？"

"我是一条短尾巴的丧家狗，老百姓却是由一群带锁链的看家狗组成的，每条狗的尾巴上有许多果实有刺的植物：老婆，孩子，手风琴，套鞋等等。每条狗都迷恋着自己的窝。他们不会相信你的。我们那里，在莫罗佐夫的工厂里，曾经发生过一个事件。谁走在前面，谁的脑门子就挨揍，脑门子可不是屁股，挨了揍火辣辣地要疼好久呢！"

当他认识了克列斯托夫尼科夫工厂的钳工雅科夫·沙波什尼科夫以后，他说起话来与以往就有所不同了。患有肺病的雅科夫是个吉他演奏者，又是个精通《圣经》的人。雅科夫激烈地否定上帝，这一点使他大为震惊。雅科夫不时地到处吐着他那烂掉了的肺里带血块的痰，坚决而狂热地证明道：

"第一，我根本不是'照上帝的形象'造出来的[①]——我一无所知，一无所能。再说我不是一个慈善的人，是的，一点也不慈善！第二，上帝不知道我是多么困难，也许他知道，但是没有力量帮助我，或者他能够帮助而不愿意帮助。第三，上帝不是全知也不是万能的。更不是慈悲的，说得更简明些，上帝根本不存在！上帝是臆造出来的，所有这一切都是臆造的，全部生活也是臆造的，不过，这都骗不了我！"

鲁布佐夫听了，惊讶得一句话都说不出来，随后恼怒得脸都变了色，便疯狂地大骂起来，可是雅科夫一段一段地运用《圣经》引文，激昂慷慨的语言使他无法反驳，迫使他不再作声，沉思地蜷缩起来。

沙波什尼科夫在说话的时候，模样几乎是十分可怕的。他那瘦削的脸黑黑的，有着一头像茨冈人那样的黑色鬈发，发青的嘴唇里闪现着一副狼牙齿。他那黑色的眼睛一动不动地直盯着对方的脸，他那沉重的意欲折服对方的目光令人很难忍受，这使我想起了患夸大狂的那个病人的一双眼睛。

我们离开了雅科夫，一同在路上走着的时候，鲁布佐夫闷闷不乐地说道：

"在我面前，还没有人反对过上帝。我从未听说过这样的话。各种各样的话我都听说过，就是没有听说过这样的话！无疑，这个人是活不长久了。唉，太可怜了！他把自己烧到了白热化程度……挺有意

[①] 出自《旧约·创世记》第一章第二十六节。

思，老弟，非常有意思。"

他很快便与雅科夫交上了朋友，不知怎的他非常激动，全身都沸腾起来，不断地用手指擦着有病的眼睛。

"是——是这样，"他得意地微笑道，"这么说，把上帝辞退了吧？哼！至于沙皇，我有自己的看法：沙皇不妨碍我。问题不在于沙皇，而是在老板们身上。我认可随便哪个沙皇，哪怕是伊凡雷帝，请吧，要是喜欢，当你的皇上去吧，只不过请你给我制伏老板的权利，就——就是这样！你给这个权利，我就用金锁链把老板锁在御座上，我将会朝拜你的……"

他读完《沙皇就是饥饿》这本书的时候说道：

"书里写的都是常见的事，写得全对啊！"

他头一回见到这个石印小册子时，问我道：

"这是谁给你写的？写得多清楚。你告诉他：我谢谢他[①]。"

鲁布佐夫如饥似渴地追求知识。他聚精会神地听着沙波什尼科夫那令人震惊的咒骂上帝的话，一连几个小时地听我叙述一本本书的内容，他高兴得仰头哈哈大笑，挺起喉头，赞不绝口地说道："人的头脑真机灵，是啊，真机灵呀！"

他自己读书有困难，因为有病的眼睛妨碍他看书，尽管这样，他的知识仍然很丰富，这常常使我感到惊讶。比如：

"德国人有一个非常聪明的细木匠，连国王本人也常常请他去献计献策。"

---

① 阿列克谢·尼古拉耶维奇·巴赫，谢谢您！——作者注

我详细问了几个问题,才弄清楚他说的是倍倍尔①的事儿。

"您怎么知道这件事的?"

"我知道嘛。"他简短地回答道,一边用小手指搔着他那长着疙瘩的脑壳。

沙波什尼科夫不在意忙乱苦难的现实生活,他全副心思放在消灭上帝、嘲笑神父身上,尤其憎恨修士。

有一回,鲁布佐夫友好地问他道:

"雅科夫,你怎么总是只冲着上帝嚷嚷呢?"

他更加凶狠地吼叫起来:

"除了他还有什么东西妨碍我呢,嗯?我信了他差不多二十年,在他面前,我活得战战兢兢,吃苦受难都忍着。争论是不行的,一切都是从上面定好了的。我在束缚中过着日子。我深入读了《圣经》,看到了:这是臆造的!尼基塔,这都是臆造的!"

于是他挥动着一只手臂,仿佛要把这条"看不见的线"扯断似的,几乎哭出声来:

"瞧,由于这个,我要过早地死去!"

我还有几个很有意思的熟人,我常常顺便到谢苗诺夫面包房去看望老同事们,他们都很欢迎我,也很乐意听我说的话。但是鲁布佐夫住在船厂区,沙波什尼科夫住在卡班河对岸很远的鞑靼区,彼此相隔五俄里,我很少能看到他们。可是他们也不能到我这里来,因为我没有地方接待客人,况且新来的面包师是个退伍士兵,与宪兵们有交

---

① 倍倍尔(1840—1913),德国社会民主党和第二国际的领导人之一,做过旋工,1867年开始任议会议员。

往；宪兵队团部后面的一块地方紧接着我们的院子，这些神气活现的"蓝制服"们常常翻过围墙到我们这里为汉加尔特上校买小白面包或者为自己买面包。还有一层：已经有人建议我不要太多"在人们中间出现"，以免引起人家对面包店不必要的注意。

我看到我的工作正在失去意义。人们不考虑营业的进行情况，任意从钱柜里拿钱，以至于有时候连付面粉的钱都没有了。这样的事儿越来越经常地发生。杰连科夫扯着自己的胡子，闷闷不乐地冷笑着说道：

"我们要破产了。"

他的日子过得很糟糕：红色鬈发的娜斯佳已经怀孕了，像只凶猫似的没有好脸色，用她那绿茵茵的气恼目光瞧着所有的事和所有的人。

走路时她直往安德烈身上撞，仿佛没有看到他似的，他则抱歉地微笑着给她让路，并且叹着气。

有时候，他向我诉苦：

"全都那么不认真。所有的人见什么拿什么，毫无道理。我买了半打袜子，一下子就无影无踪了！"

谈袜子的事儿是很可笑的，不过我并没有笑，心里明白这个谦逊无私的人在绞尽脑汁、努力设法做好有益的事业。可是他周围的人对他的事业抱着轻率的态度，并且毫不关心，甚至加以破坏。杰连科夫不指望那些受他照顾的人感谢他，但是他有权要求人家对他的态度更关切些，更友好些，可是连这一点他都没有得到。他的家庭很快崩溃了，父亲因宗教的原因得了抑郁性精神病；小弟弟开始酗酒，逛妓院；妹妹的一举一动像个陌生人，看来，她和那个红头发大学生的恋爱进行得很不愉快，我经常注意到她那双眼睛哭得肿肿的，于是我对那个大学生十分憎恨。

我觉得，我爱上了玛丽亚·杰连科娃，我也爱上了我们店里的女售货员娜杰日达·谢尔巴托娃——一个身材高大、两颊绯红的姑娘，她那红红的嘴唇上总是呈现着亲切的微笑。总之，我是个钟情的人。年龄、性格和不规律的生活都使我要求和女人交往，在这方面与其说是过早了，毋宁说是太晚了。我需要女性的爱抚，或者哪怕是女人友好的关切，我需要对人直言不讳地说说自己，弄清楚我那不相连贯的紊乱思想和一大堆胡乱的感受。

我未曾有过真正的朋友。那些把我看成是"有加工价值的材料"的人们不能引起我的好感，也不能使我向他们倾吐衷肠。每当我向他们诉说他们不感兴趣的事时，他们立即劝阻我道：

"请您别说这个了！"

古里·普列特尼奥夫被捕了①，并且被押解到彼得堡，关进了"克列斯特"监狱。这个消息是尼基福雷奇第一个告诉我的，是在一天清早他在街上遇见我的时候。他胸上挂着所有的奖章，仿佛阅兵仪式一结束就回来似的，沉思而庄严地向我迎面走来，他向制服抬起手行了个礼，就默默地走过去了。然而他立刻站住脚，用气愤的声音对着我后脑勺说道：

"今天天亮前古里·普列特尼奥夫被捕了……"

接着他把手一挥，向四下里张望着，用更低的声音补充说道：

"这个青年完蛋了！"

---

① 时间是1888年2月。普列特尼奥夫第二次被捕是1888年9月。

我觉得,他那阴险的眼睛里好像闪现着泪花。

我知道普列特尼奥夫对这次逮捕是有所预料的。关于这件事,他本人曾经警告过我,并且建议不论是我,还是鲁布佐夫,都不要与他见面,他像我那样跟鲁布佐夫也是很要好的。

尼基福雷奇望着自己的脚下,闷闷不乐地问道:

"你怎么不来看我啦?"

晚上,我到他那里去的时候,他刚刚睡醒觉,正坐在床铺上喝克瓦斯①。他的妻子躬着背坐在小窗户旁,缝补他的裤子。

"事情就是这样,"岗警开始说道,一面搔着他那长满浣熊毛似的胸脯,一面若有所思地望着我,"把他逮捕了。在他那里找到了一只锅,他在这只锅里煮颜料,用来印反对国王的传单。"

他往地板上啐了一口痰,接着生气地冲着妻子喊道:

"给我裤子!"

"马上就好。"她没有抬头,回答道。

"她可怜他,还哭呢,"老头用眼睛望着妻子,"连我也可怜他。不过,一个大学生反对国王能有什么好处呢?"

他一面穿衣服,一面对妻子说道:

"我要出去一下,你把茶炊生上火。"

他的妻子神情呆板地望着窗外,可是当他消失在哨舍门外时,她很快地转过身来,把握紧的拳头向门口伸了伸,显出极度的愤恨神态,龇牙咧嘴地骂道:

"呸,老不死的坏蛋!"

---

① 克瓦斯是一种清凉饮料。

她的脸已经哭肿，左眼几乎被一大块发青的伤痕盖住了。她跳起身，走到炉子跟前，俯身在茶炊上方，压低嗓音恶狠狠地说道："我要欺骗他，狠狠地骗他，骗得他号啕大哭！让他叫苦连天。你不要信他，一句话也别信！他要抓你了。他扯谎，任何人他都不可怜。他抓人就像渔夫捕鱼一样。关于您的事情他全知道。他是靠干这一行过日子的。抓人，这是他的爱好……"

她走到我跟前，紧靠在我身上，用乞求的声音说道：

"你抚爱我一下，好吗？"

我并不喜欢这个女人，但是她那一只眼睛带着仇恨而又深沉的忧愁望着我，我不由得拥抱她，抚摸她那蓬乱油腻的硬发。

"现在他在跟踪谁？"

"跟踪雷布诺里亚德街上旅馆里的一些什么人。"

"你知道他们的姓名吗？"

她微笑着回答道：

"好，我要告诉他，你向我打听些什么来着！他回来了……古罗奇卡就是他跟踪探出来的……"

她于是跳回到炉子跟前。

尼基福雷奇带回一瓶伏特加、果酱和面包。我们坐下来喝茶。玛林娜坐在我旁边，特意表示出对我的殷勤款待，用那只健康的眼睛不时地瞧着我的脸。她的丈夫开导我说：

"这条看不见的线存在于人们的心里、骨头里，试试吧，你能把这条线松开，把它揪掉吗？沙皇是人民的上帝呀！"

他突然问我道：

"瞧，你读了许多书，福音书也读过吧？那么，依你看，怎么样?那上面说的全对吗?"

"不知道。"

"依我看,有些话是多余的,并且多余话还不少呢。举个例子说吧,关于穷人是这样说的:穷人是有福的①。他们有什么福呢?这是有些不加考虑而说出的话。总而言之,关于穷人的说法,有许多地方是很难理解的。应该把本来是穷人和由富变穷的人加以区分。本来是穷人,这就是说,他是个坏人!而由富变穷的人,可能是他遭受不幸。应该这样来论断问题,这要好得多。"

"为什么?"

他以一种寻根问底的目光瞧着我,沉默片刻,接着明确有力地说出了自己的看法,显然这是他深思熟虑过的。

"福音书里怜悯太多了,而怜悯是有害的东西。我是这样考虑的。怜悯要求为无用的甚至有害的人花费大量的开支,办养老院、监狱、疯人院等等。应当帮助强壮的健康人,不使他们白白浪费自己的力量,而我们却帮助弱者,难道能把弱者变成强者吗?由于这种无谓的做法,强者的力量削弱了,而弱者却靠强者来养活,成为强者的累赘。这个问题就是应该好好地研究呀!有许多问题应当重新考虑。要明白,我们的生活早已远离福音书了,生活走着自己的道路。要知道,普列特尼奥夫为什么完蛋了呢?因为怜悯。我们施舍穷人,而大学生们一个个在完蛋。这里哪儿有理智呢,你说说看?"

我头一回听到用如此尖刻的语言来表达这些思想,尽管这些思想

---

① 出自《新约·马太福音》第五章第三节。原经文是"虚心的人有福了,因为天国是他们的。"

我以前也多次接触过，这些思想比通常想象的更有生命力，更广为流传。七年以后，我读尼采的书时，又非常清楚地记起这个喀山警察的人生哲学。顺便说一说：我在书本上读到的种种见解，其中很少是我以前在生活中没有听人说过的。

这个年老的"捕人者"①滔滔不绝地说着，一面用手指在托盘边缘为自己的话语打着拍子。他那干巴巴的脸上呈现出严厉得阴郁的神情，他并没有望着我，而是瞧着那擦得明亮如镜的铜茶炊。

"你该走了。"他妻子已经两次提醒他，他都没有搭理，只管围绕着自己的中心思想，流利连贯地一句接一句说下去。突然间，我尚未察觉到，他的思想已接新的路子走了。

"你是个不蠢的小伙子，还有文化，难道你就只配当个面包师吗？要是换一个工作为沙皇帝国服务，那你就会赚更多的钱……"

我一面听着他说话，一面思忖着，怎样去通知住在雷布诺里亚德街上的那些我所不认识的人，让他们知道尼基福雷奇正在跟踪他们。在那儿的旅馆里住宿着一个不久前从亚卢托罗夫斯克流放回来的人，他叫谢尔盖·索莫夫。我已经听人家讲过许多关于他的有趣的事情。

"聪明人应当集中在一起，比如说像蜂房里的蜜蜂或者像窝里的胡蜂似的。皇上的江山……"

"瞧，已经九点钟了。"女人说道。

"见鬼！"

尼基福雷奇站起身，扣着制服扣子。

---

① 出自《新约·马太福音》第四章第十九节。耶稣传道时，行经海边，遇到三个打鱼的，就对他们说："来跟从我，我要叫你们得（捕）人如得（捕）鱼一样。"

"嗯，不打紧，我坐马车去。老弟，再见！常来坐坐，别客气……"

我离开这个哨舍时，坚决地对自己说，我任何时候也不会再到尼基福雷奇这里来"做客"了，虽然这个老头很有趣。但是他使我很反感。他说的怜悯有害的那番话使我非常激动，并且牢牢地印在我的脑海里。我觉得这些话中有一些道理，令人遗憾的是这些道理竟来源于警察之口。

常常有人争论这个话题，其中有一次争论特别使我震惊。

城里来了个"托尔斯泰主义者"，这是我遇见的第一个"托尔斯泰主义者"。他是个青筋突起的高个子，面孔黝黑，蓄着黑色的山羊胡子，生就一副黑种人的厚厚的嘴唇。他躬着背望着地，然而有时候蓦地仰起有点儿秃顶的脑袋。他那双湿润的黑色眼睛闪耀着火辣辣的热情，锐利的目光里面呈现出仇视的神情。这次座谈会是在一个教授的住宅里举行的。有许多青年人参加，其中有一个身材细长、举止优雅的小神父，是个神学硕士，身穿黑色绸料长袍①。这件黑长袍很恰到好处地衬托出他那苍白清秀的脸，他那双灰色的冷若冰霜的眼睛闪现出冷冷的微笑，给他的面容增添了几分光彩。

关于福音书上永恒的坚定不移的伟大真理，这位托尔斯泰主义者讲了好久。他的声音有些嘶哑，句子简短，然而用词激烈，他的话语使人感觉到有一种虔诚的力量。他一面讲话，一面用毛茸茸的左手做着同样的手势，仿佛把话语一一砍开——他的右手放在衣兜里。

"真是个演员。"我身边的屋角里有人低声说道。

---

① 正教僧侣穿的窄腰肥袖的长袍。

"对,很像在演戏……"

在这之前不久,我曾经读过一本书,好像是德雷波尔①写的,是关于天主教怎样反对科学的,此时此刻我觉得,仿佛这是书里写的那些天主教教徒中的一个人在讲话;这些教徒强烈地相信,爱的力量可以拯救世界,他们为了对人仁慈可以宰杀反对他们的人,或者把他们架在火堆上活活烧死。

他穿着宽袖白衬衫,外面罩着穿旧了的有点儿像大褂的灰色衣服,这也使他显得与众不同。他在说教结束时,高声喊道:

"那么,你们与基督同在呢,还是与达尔文同在?"

他像掷石头似的向挤坐在屋角里的青年们提出了这个问题,小伙子们和姑娘们惊喜交集地望着他。他的话语显然使大家非常震惊。人们低下头沉思,默不作声。他用火辣辣的目光扫视大家,接着严厉地补充道:

"只有法利赛人②才企图把这两种不可调和的原则捏在一起,他们一边捏着,一边卑鄙无耻地自欺欺人……"

小神父站起身,小心翼翼地撩起长袍的袖子,笑了笑,故意显出谦恭和宽容的样子,从容不迫地说道:

"显而易见,您抱有那种对法利赛人的庸俗看法,那种看法不仅仅是粗暴的,而且是彻底错误的……"

---

① 约翰·威廉·德雷波尔(1811—1882),美国哲学家及历史学家,著有《天主教与科学的关系史》。
② 法利赛人是古犹太人的一个教派,这派人多半出身于城市富裕阶层,认为自己维护了《旧约》传说的纯洁。《新约》的作者则认为他们是教条主义式解释《旧约》。由此法利赛人一词便有了伪善的含义。

使我感到万分惊讶,他开始证明法利赛人是犹太人遗训的真正忠实的捍卫者,并且说人民总是跟法利赛人一起去反对自己的敌人。

"请您读一读,比方说,约瑟福斯①的书吧……"

托尔斯泰主义者跳起来,做了一个消灭一切的大幅度砍杀手势,仿佛在砍劈约瑟福斯似的,他叫喊道:

"人民直到今天还是跟敌人一起来反对自己的朋友,人民不是按照自己的意志来行动的,他们被人驱使,受人强迫。我干吗要读您的约瑟福斯?"

小神父和其他一些人把争论的主题扯得支离破碎,争论到最后连主题也没有了。

"真理——就是爱。"托尔斯泰主义者大声叫喊,他的眼睛闪着憎恨和蔑视的目光。

我觉得自己被这些话语陶醉了,但往往捉摸不到它们的思想实质,在唇枪舌剑的旋风中,我脚下的大地也摇晃起来。我常常绝望地想,人间再也没有比我更笨更无能的人了。

托尔斯泰主义者一面从深红色的脸上擦去汗珠,一面狂暴地喊叫:

"为了不再扯谎,把福音书扔掉吧,把它忘掉吧!再度把基督钉到十字架上吧,这样做更诚实些!"

在我面前摆着一个问题:倘若生活就是为争取人间幸福而不断斗争,仁慈和爱只会妨碍斗争的胜利,那该怎样解释呢?

我打听到了这位托尔斯泰主义者的姓氏——他姓克洛普斯基,我

---

① 约瑟福斯(约37—95),古代犹太军事长官和历史学家,著有《犹太战争史》。

还问清楚了他的住处，第二天晚上便去拜访了他。他住在两个女地主（两个姑娘）的家里，当时他正跟她们在一起，坐在花园里一棵巨大的老椴树树荫下的一张桌子旁边。他身穿白衬衫和白裤子，衬衫的扣子敞开着，露出了黑乎乎毛茸茸的胸膛。他，细长个子，瘦骨嶙峋，酷似我想象中的无家可归的苦行脚僧或传播真理的传教士。

他用银勺子从碟子里舀牛奶泡马林果，津津有味地吞咽着，咂着厚厚的嘴唇，每咽下一口，就从他那稀疏的猫胡子上吹出一些白色的牛奶沫。一个姑娘站在桌旁侍候他，另外一个姑娘靠在椴树枝干上，两臂交叉在胸前，幻想悠悠地望着灰暗闷热的天空。她们两人都穿着紫丁香色的轻柔衣裙，她俩非常相像，宛若一人。

他对我很亲切，乐意跟我谈论爱的创造力。他说，人们应该在自己的灵魂里发扬这种感情，唯有这种感情才能"把人与世界精神联系在一起"，也就是与博爱精神联系在一起。

"只有这种感情才能把人们团结在一起！不会爱的人就不可能理解生活。那些说生活的法则是斗争的人是一伙盲目的人，他们是注定要灭亡的。用火不能战胜火，同样的道理，用邪恶的力量不能战胜邪恶！"

姑娘们互相搂抱着，向花园深处的房屋走去。他一面眯缝着眼睛目送她们，一面问我道：

"你是干什么的？"

听完我的话后，他一面用手指敲桌子，一面又开始说道，人无论到哪里总是人，所以他无须努力去改变自己在生活中的地位，只需努力培养爱人类的精神。

"人的地位越低，就越接近生活的实实在在的真理，越接近生活的崇高智慧……"

对于他通晓"崇高智慧"这个方面,我抱有几分怀疑,可是我没有作声,我感觉到,他跟我在一起感到无聊了:他用讨厌的目光瞧着我打了个哈欠,把双手抱住后颈窝,伸直两腿,疲倦地闭上了眼睛,似乎在昏沉欲睡中嘟哝道:

"服从于爱……这是生活的法则……"

他蓦地战栗一下,挥动双手,仿佛从空中抓取什么似的,惊恐地凝视着我,说道:

"怎么啦?我累了,请原谅!"

他又合上了眼睛,似乎由于疼痛紧咬牙关,龇咧牙齿;他的下嘴唇往下拉,上嘴唇向上翻翘,有些发青的稀疏唇髭根根竖了起来。

我离开了,心里对他非常反感,不由得对他的真诚产生了怀疑。

几天后的一个清早,我给一个认识的副教授——酗酒的单身汉送小白面包,在他家里又一次见到了克洛普斯基。想必他夜里没有睡觉,脸色发青,眼睛又红又肿,我觉得他已喝醉酒了。胖胖的副教授醉得眼泪汪汪的,只穿一条裤子,两手抱着吉他坐在地板上,周围一片狼藉:家具被移动得乱七八糟,到处是乱扔的啤酒瓶子,还有扔在地上的上衣。他摇摇晃晃地坐着,吼叫道:

"慈——慈爱……"

克洛普斯基生气地喊着,叫声刺耳:

"没有慈爱!我们会由于爱而死去,或者在争取爱的斗争中被击溃——反正都一样,我们是注定要灭亡的……"

他抓住我的肩膀,把我拉进房间里去,接着对副教授说:

"好吧,你问问他,他想要什么?你问一问,他需要对人们的爱吗？"

那一位用噙着泪水的眼睛望了我一眼，笑了起来，说道：

"这是卖面包的！我欠他的钱。"

他晃了一下身子，伸手到裤兜里，掏出一把钥匙递给我说：

"拿吧，把所有的钱都拿去吧！"

可是，托尔斯泰主义者从他手里夺过钥匙，向我挥了一下手说道：

"走吧！回头再拿钱。"

他把从我手里拿去的小白面包扔到屋角的长沙发上。

他没有认出我来，这使我感到舒服一些。离开那里的时候，他那句由于爱而死的话记在了我的脑海中，我心里对他产生了非常憎恶的感觉。

不久，有人告诉我，他向他寄住的那家的一个姑娘求爱，接着在同一天，又向另外一个求爱。两姐妹把这件事当乐事互相交谈，快乐地谈过后对这个求爱人一致憎恨起来：她们吩咐看院子的仆人通知这个乱传爱的传教士立即滚出她们的家。于是，他从这个城市消失了。

关于爱和仁慈在人们生活中的意义这个问题，可是个棘手而复杂的问题，这个问题在我心里很早就产生了，起初它在我心中不很明确，但是我非常强烈地感觉到有矛盾，后来以明确的言语表达出来：

"爱的作用是什么呢？"

我所读过的书里，充满着基督教思想、人道主义和对人们同情的哀号。在那个时代，我所知道的优秀人士也满腔热情而又娓娓动听地谈论这个问题。

可是我直接观察到的，几乎全是与人们的同情格格不入的东西。

生活展现在我面前的是一条没有尽头的仇视和残忍组成的锁链，人们为了鸡毛蒜皮的小事卑鄙龌龊地不断钩心斗角，你争我夺。我个人所需要的只是书籍，其余的一切在我心目中都毫无意义。

只要你走出屋，在大门口待上一会儿，你就会明白：所有这些马车夫、清道夫、工人、官吏、商人，他们都不像我和我所喜爱的人们那样生活着，他们有着另外的追求，他们走着另外的道路。那些我尊敬的人、我信任的人全都是些异常孤独不合群的人，似乎是多余的人，而不像大多数人那样蚂蚁般忙忙碌碌谋生，埋头于脏活苦活；我感到，这种生活十分愚蠢，极为枯燥。我时常看到那些仁慈博爱的人只是停留在口头上而已，实际上他们自己也在不知不觉地服从于生活的总潮流。

那个时期，我感到万分痛苦。

兽医拉夫罗夫由于患水肿，面孔变得又黄又肿，有一天，他气喘吁吁地对我说道：

"需要加强人们的残酷性，强到使所有的人都感到不耐烦，使所有的人毫无例外地都感到厌恶，就像厌恶这个该死的秋天一样！"

那年初秋，淫雨连绵，天气寒冷。这是个多事之秋，不断发生自杀事件。拉夫罗夫不愿意等着浮肿病把他收拾掉，也服氰化钾自杀了。

"他给牲口治病，自个儿像牲口一样死去了！"兽医的房东给他送葬时这样说道。这位房东名叫梅德尼科夫，是个裁缝。他骨瘦如柴，是个虔诚信教的人，能背诵歌颂圣母的全部赞美诗。他常常用三根皮条的短鞭子抽打自己的孩子——七岁的女孩和十一岁的男孩，用竹竿打老婆的小腿肚子，还抱怨说：

"民事法官斥责我，仿佛我是从中国人那里学来这一套做法的，可是除了在招牌和图画上，在生活里我从未见过中国人。"

他的工人当中，有一个绰号叫杜姆卡老公的工人，他是个闷闷不乐的人，长着一双罗圈腿，他对自己的老板作过如下的评说：

"我真害怕那些信教的温顺人！蛮横的人一眼就看得出来，也来得及躲开他。可是温顺的人，就像草丛里阴险的蛇一样，悄悄地向你爬过来，突然间向你心口敞开的地方咬一口。我怕这些温顺的人……"

杜姆卡老公是个温顺而狡猾的人，爱告密，是梅德尼科夫的红人，可是他的这些话倒是出自真心的。

有时候，我觉得，温顺的人仿佛是生长在岩石上的地衣，可以翻松生活中的石块，使它变得软些，变得能起些良好的作用。我观察过许多温顺的人，在多数情况下，他们对卑鄙下流的事物有着机巧的适应力，他们的心灵难以捉摸，乖戾多变，他们发出蚊子似的如怨如诉的声音——于是我就觉得，自己好像是一匹被绳索捆住的马，而且被大群马蝇团团包围着。

我离开那个警察的时候，也曾经这样想过。

秋风凄凄，路灯在颤抖，灰暗的天空似乎也在颤抖，向大地洒下十月的蒙蒙细雨。一个湿漉漉的妓女拖着一个醉汉在街上往坡上走，抓着他的手臂往前推，他嘟哝着什么，一面低声哭泣。女人疲惫地低声说道：

"你的命运就是这样呀……"

"是这样，"我想道，"有人也把我拖着，推到一个令人讨厌的地方，让我观看种种龌龊下流的伤心事和形形色色的怪人。我对这些已经厌倦了。"

也许，当时我所想的不是这些，然而正是这种思想骤然出现在我的脑海里。正是在那个忧伤的夜晚，我初次感觉到了精神上的疲倦，心情十分颓丧。从此时此刻起，我的自我感觉更糟了，我不知怎的开始从旁观者的角度，用陌生而又敌意的眼光冷冷地看着自己。

我看到，几乎在每个人身上，不协调地并存着不仅是言行之间的矛盾，而且是情感上的矛盾，这种情感上矛盾的变幻莫测把我捉弄得尤其难受。更糟糕的是，我在自己身上感到了这种矛盾的捉弄。各个方面都吸引着我——不论是女人和书籍，还是工人和快活的大学生都在吸引我，然而我在哪个方面都得不到成功，我"既没有跟这些人也没有跟那些人"相处好，仿佛有一只强有力的无形的手执着无形的鞭子狠狠地抽打着我，使我像陀螺似的旋转不停。

得知雅科夫·沙波什尼科夫住进了医院，我去探望他。可是在医院里，一个肥胖的歪嘴巴女人，戴着眼镜，头上扎着白色小头巾，头巾底下垂着一双像煮过的红耳朵，她冷冷地说道：

"他死了。"

她看我默默地站在她面前，没有走开的意思，生气了，喊了起来：

"喂，你还要干什么？"

我也生气了，说：

"您是个大傻瓜。"

"尼古拉，赶走他！"

尼古拉正在用抹布擦着一些铜条，他哼了一声，随手用铜条往我背上抽了一下。于是我两手提起他，把他拎到街上，使他跌坐在医院

台阶旁边的水洼里。他对这件事很平静,冲我瞪着眼睛,默不作声地呆坐了一会儿,然后站起身说道:

"你呀,是条狗!"

我离开医院来到杰尔查文①花园,坐在诗人纪念像旁边的长凳上,真想胡闹一通,使得一大群人向我扑来,这样我就有理由打他们了。虽然今天是节假日,但是公园里空荡荡的,公园周围也阒无一人,只有秋风到处吹赶着枯叶。路灯柱子上垂落的广告纸在沙沙作响。

暮色降临了,公园上空清澈的蓝天渐渐昏暗,寒气袭人。巨大的青铜塑像耸立在我的面前,我瞧着它,同时在想:雅科夫孤身一人活在世上的时候,竭尽全力地去消灭上帝,到头来平平凡凡地死去了。平平凡凡。这件事让人难过,并且让人感到非常委屈。

"尼古拉这个人是白痴,他本该和我打一架,或者叫警察来,把我送进地段警察分局去……"

我到鲁布佐夫家里去,他正坐在他那简陋的小屋里的桌子旁边,在一盏小灯跟前缝补着上装。

"雅科夫死了。"

老头儿抬起拿着针线的手,大概想画个十字,然而仅仅把手挥动了一下,只因线绊住了什么东西,他轻声地骂了声娘。

后来,他就发起牢骚来:

"顺便提一提,咱们都要死的,这是咱们一样的讨厌的命啊,老弟,就是这样!他倒是死了,这儿有个铜匠,孤身一人,人家也要把

---

① 杰尔查文(1743—1816),俄国诗人。

他除掉。上星期日他跟宪兵们冲突,被抓走了。是古尔卡①介绍我跟他认识的。好聪明的铜匠呀!跟大学生们有些勾结。你有没有听说大学生们在造反?这是真的吗?给,帮我缝缝这件上装吧,我的眼睛什么也看不见了……"

他把他的破衣服连针带线一股脑儿递给了我,而他自个儿把双手放在背后,在房间里踱来踱去,咳嗽着,埋怨地说道:

"火星一忽儿在这里,一忽儿在那里,刚冒出来,魔鬼就要去扑灭,要把人们捂死!这是个倒霉的城市。趁现在轮船还能通行,我要离开这个鬼地方。"

他站住脚,搔着脑壳,自问道:

"可我上哪儿呢?任何地方我都待过。是的,哪里我都去过,但只是走得累坏了自个儿。"

他啐了一口唾沫,补充道:

"哼,这是什么生活,王八蛋!活着,活着,不论是心灵上,还是身体上都没有挣得什么……"

他静下来,站在靠门的屋角里,仿佛倾听些什么,然后步子坚定地走到我跟前,坐在桌子旁:

"我的列克谢·马克西美奇,我要告诉你,雅科夫把自己的一颗好心白白地耗费在上帝身上。就算我们不承认上帝和沙皇,无论是上帝还是沙皇,都不会因此变得更好些,因此,也就应当让人们生自己的气,把自己的卑鄙生活推翻掉——问题就在这里!唉,我老了,赶不上了,很快我就会完全成为瞎子了,这是我的痛苦,老弟!缝好

---

① 古尔卡是古里的小称。

了?谢谢……咱们上小馆子喝茶去吧……"

在去小馆子的路上,他抓住了我的肩膀,一面在黑暗中高一脚低一脚地走着,一面喃喃地说道:

"你记住我的话吧:人们再也忍受不了啦,总有一天会大发雷霆的,要把一切都摧毁,把自己的小天地也毁得粉碎!人们再也不能忍受了……"

我们未能走到小馆子,因为路上碰到了水手们在围攻妓院,阿拉富佐夫工厂的工人们保卫着妓院的大门。

"每个节假日,这里总有人打架斗殴!"鲁布佐夫赞许地说道。他在捍卫者中间看到了自己的同事们,便立即摘下眼镜,加入了战斗,同时煽动地指使大家:

"工厂的弟兄们,坚守住啊!掐死这些蛤蟆!消灭这些鲤鱼!哎——呀哈!"

人们可以惊奇而好玩地看到,这个聪明的老头儿的行动是多么果敢和机灵,他打进商船运输水手的人群里,反击着他们的拳头,用肩膀把他们撞得四脚朝天。这些人打得很高兴,毫无恶意,只是为了显示勇敢,显示过剩的力量;在大门口,黑压压的一群人挤在了一起,工人们也挤压到了他们身上。门板被压得不时发出咔嚓声,人群中传来情绪激昂的喊叫声:

"打那个秃顶的头儿!"

有两个人爬到屋顶上,起劲地、有节奏地唱着歌:

> 我们不是小偷,不是骗子,
> 也不是打家劫舍者,

> 我们是船上来的一群小伙子,
> 我们是一伙捕鱼者！①

警笛声响起了，在黑暗中闪现出警察制服的铜扣子，脚底下的泥泞被踩得扑哧扑哧地响，从屋顶上传来了歌声：

> 我们向着干干的两岸撒网,
> 撒向那商人的家、贮藏库和粮仓……

"住手！不打已经倒下的人……"
"老爷子！要顶住啊！"

后来，鲁布佐夫和我以及另外五个人，也许是敌人也许是朋友，都被带往地段警察分局去了，这安静下来的黑暗的秋夜用这首活泼的歌儿来为我们送行：

> 哎哟，我们捕了狗鱼四十条,
> 用来缝制几件大皮袍！

"伏尔加河上的人们是多么的好啊！"鲁布佐夫赞叹地说道，他频繁地擤鼻涕，吐唾沫，对我低声说，"你逃跑吧！找个时机就逃吧！你干吗要往警察局里钻呢？"

我，还有一个跟在我后面的水手，奔逃进一条小巷，越过一道又

---

① 这是俄罗斯民歌中的《窃贼歌》。

一道的围墙。可是从这一夜以后,我再也没有见过那个极其可爱的聪明人尼基塔·鲁布佐夫了。

我的周围变得很空虚。大学生们开始闹学潮了,学潮的意义我不明白,它的动机我也不清楚。我看到的是学生们快活地奔忙着,感觉不到其中有什么悲剧。于是我想到,为了能够得到上大学的幸福,我甚至可以忍受残酷的折磨。如果有人向我提议:"你去学习吧,但你要付出代价,每逢星期日,我们要在尼古拉耶夫广场上用棍子打你一顿!"即使是这种条件,我一定也会接受的。

我顺便来到了谢苗诺夫的面包店里,我得知做花形小甜面包的工人们准备到大学附近的地方去殴打大学生。

"我们拿秤砣打。"他们既高兴又愤恨地说道。

我与他们争辩起来,互相对骂,然而突然间,我几乎是惊恐地感觉到,我既无意也没有词句来为大学生们辩护。

我记得,离开面包作坊的地下室时,我好像成了个残废的人,苦闷心情油然而生,无法遏制。

那天夜里,我坐在卡班河岸上,一面向黑乎乎的河水投掷着石子,一面想着三个字,这三个字反反复复浮现在脑海中:

"怎么办?"

为了排解苦闷,我开始学习拉小提琴,每天夜里在店里吱嘎吱嘎地拉来拉去,把守夜人和老鼠都搅得不安宁。我很喜爱音乐,以极大的热情来学习它。但是我的老师——剧院乐队的小提琴手,在给我授课的时间里,趁我从店里出去的时候,竟开了我没有上锁的钱柜,我回来时正好看见他把钱装满了自己的几个衣兜。他看见我走进门后,便把脖子一伸,把他那张刮得精光的阴郁的脸凑上前,轻声说道:

"嗯，打吧！"

他的嘴唇在颤抖，大得出奇的亮光光的泪珠从他那苍白的眼睛里滚落下来。

我很想把这个小提琴手揍一顿，但是为了不这么做，我坐到地板上，把两只拳头放在身下，命令他把钱放回钱柜去。他把几个衣兜里的钱都掏了出来，走到门口时，站住脚，用白痴似的又尖又可怕的声音说：

"给我十个卢布吧！"

我把钱给了他，学拉小提琴的事也就因此拉倒了。

在十二月份，我决定自杀①。我在短篇小说《马卡尔生平一事》中，曾经尝试描写这个决定的动机，但是我没有写成功，小说写得拙劣，缺乏内在的真实性，使人反感。我觉得，它的可取之处正在于小说中完全没有这种真实性。事实倒是真的，阐明这些事实的仿佛不是我，这个短篇小说也不像写我自己的。倘若不谈这篇小说的文学价值，那么在小说里有某种使我愉快的东西，这就是好像我能克制自己了。

我在集市上买到了一把鼓手用过的左轮手枪，枪里面装有四颗子弹。我对着自己的胸膛开了一枪，本以为能打中心脏，但是只打穿了一叶肺，过了一个月，我觉得自己蠢到了极点，非常难为情地又回到面包店去工作了。

可是没有干多久。三月底的一个晚上，我从面包作坊到面包店去的时候，在女售货员的房间里看见了霍霍尔，他坐在靠窗的椅子上，

---

① 高尔基于1887年12月12日在喀山河高岸旁的费奥多洛夫山冈上开枪自杀未遂。

沉思地吸着一支很粗的纸烟,眼盯着烟云。

"您有空吗?"他没有打招呼就问我道。

"有二十分钟。"

"请坐吧,咱们谈一谈。"

他跟往常一样,穿着一件绷得紧紧的"鬼知道是什么皮的"卡萨金服,他那宽阔的胸前垂着乱糟糟的浅色胡子,倔强的前额上方耸着理得很短的硬发,脚上穿一双庄稼汉穿的笨重的靴子,靴子散发出强烈的焦油味。

"喂,"他声音不大,慢声细气地说道,"您愿不愿意上我那里去?我住在克拉斯诺维多沃村,在伏尔加河下游,离这儿四十五俄里远的地方,我在那里有一爿小店①,您帮我做生意,这占不了您许多时间,我有一些好书,我可以帮助您学习,您同意吗?"

"我同意。"

"请您星期五早晨六点钟到库尔巴托夫码头去,打听一下从克拉斯诺维多沃村来的平底木船,船主人叫瓦西里·潘科夫。不过,我会在那里的,会看到您的。再见啦!"

他站起身,向我伸出一只宽大的手,而用另一只手从怀里掏出一块沉甸甸的银壳凸形怀表,说道:

"我们的谈话只用了六分钟!嗯,我的名字叫米哈伊洛·安东诺夫②,姓罗马斯。就这样吧。"

他头也不回,轻松地挪动他那大力士的壮实身体,迈着稳健的步

---

① 罗马斯由民粹派地下组织资助开了一爿小店,用来掩护在农民中间进行宣传工作。
② 米哈伊洛·安东诺夫是米哈伊尔·安东诺维奇的俗称。

子走了。

过了两天，我就乘船前往克拉斯诺维多沃村。

伏尔加河刚刚解冻，顺流而下的浑浊水面上，漂浮着一块块灰色易碎的冰块，冰块在浮来浮去。平底木船越过这些冰块时，冰块擦碰船舷，发出咔啦咔啦声。冰块像尖形结晶体似的被撞得向四面散开。从上游吹来的风在嬉戏，把浪花赶到河边；太阳照耀得使人目眩，有些发蓝的玻璃似的冰块反射出一束束明亮的白光。平底木船载满了木桶、口袋、箱子，张着帆乘风航行。掌舵的是个年轻的庄稼人，他名叫潘科夫，讲究地穿着熟羊皮上装，胸前点缀着用色彩缤纷的细绳绣的花纹。

他的神色很严肃，目光冷冰冰的，沉默寡言，模样不大像庄稼汉。潘科夫的雇工库库什金双手撑篙，叉开两腿站在船头上。他是一个庄稼汉，头发蓬乱，身穿破旧的粗呢农民服，腰里束一根绳子，头戴一顶皱皱巴巴的神父帽，他的脸上布满了青一块紫一块的伤痕。他用长长的篙子推开冰块，鄙夷地骂道：

"让开……往哪里钻……"

我跟罗马斯并排坐在船帆下面的木箱上，他轻声对我说道：

"庄稼人不喜欢我，尤其是那些富农们！您上那里也会尝到冷眼的。"

库库什金把篙子横放在自己的脚跟前，将伤痕累累的脸转向我们，高兴地说道：

"安东内奇①，那个神父特别不喜欢你……"

---

① 安东内奇是安东诺维奇的俗称，在日常生活中常见单用父称来称呼对方。

"这是真的。"潘科夫证实这一点。

"他这个狗娘养的麻子觉得你是卡在他喉咙里的一块骨头！"

"不过我也有不少朋友，您也会有的。"我听到霍霍尔的声音。

天气很冷，三月的阳光还不能温暖大地。河岸上光秃秃的黑森森的树枝在摇摆着，一条条沟道里和岩石河岸上的灌木丛林底下有些地方依然留着一片片天鹅绒似的残雪。河面上，到处浮动着冰块，如同一群群被放牧的绵羊。我觉得自己仿佛在梦境里似的。

库库什金一面装着烟斗，一面高谈阔论道：

"即使你不是神父的老婆，可是根据神父的职务他也理应像书里写的那样去爱任何人。"

"是谁把你打伤的？"罗马斯微笑着问道。

"这个嘛，不知道是些什么不怀好意的人，大概是那些地痞流氓呗。"库库什金鄙夷地说道，接着又得意地说，"不，有一回，九个炮手打我一个人，这是真正的打啊！我甚至不能理解我是怎么活下来的。"

"他们为什么要打你呢？"潘科夫问道。

"你问的是昨天呢，还是几个炮手打我那一次？"

"嗯，昨天为什么呢？"

"他们为什么要打我，这能弄得明白吗？我们这里的人像山羊一样，只要有点什么事，立即就抵触起来！人们把打架当成是自己的职责！"

"我看，"罗马斯说道，"人家打你是因为你多嘴多舌，你说话太不留意了……"

"大概就是这个原因吧！我这个人生性好奇，打听事情成了我的习惯。只要听到什么新鲜事儿,我就高兴。"

船头猛然撞到了冰块,船舷砰地发出凶猛的撞击声。库库什金摇晃了一下,马上抓起篙子,潘科夫责备地说道:

"你要瞧着点儿,斯捷潘!"

"你不要跟我说话啦!"库库什金一面把冰块撑开,一面喃喃地说道,"我可没法一边干活,一边跟你谈话……"

他们没有恶意地争论着,罗马斯却对我说道:

"这儿的土地不如我们乌克兰的好,可是人比乌克兰的人要好多了,一个个都是非常能干的啊!"

我注意地听着他的话,并且相信他所说的一切。我喜欢他那从容不迫的态度和简单明了而又有分量的平和话语。我感觉到,这个人知道很多很多的事情,并且他待人有自己的尺度。我感到特别愉快的是,他从不问我为什么要自杀。任何其他人若处在他的位置早就问了。我是多么讨厌这个问题呀,而且我很难回答。鬼知道我为什么决定要自杀。如果霍霍尔问我,我的回答大概会又长又蠢。总之,我打心眼里不愿意回想这件事。在伏尔加河上航行是如此美好,如此自由,如此开朗呀!

平底木船靠右岸航行,左边河面宽阔地伸展到远处,河水漫到那边的沙岸草地上。要知道,正在涨水,波浪拍击摇撼着沿岸的灌木丛,一股股晶莹的春水顺着一道道浅沟和地缝潺潺流淌,流入滚滚河水里。太阳在微笑,一只只黄嘴鸦在阳光下闪亮着钨钢般的羽毛,喳喳地叫着,忙忙碌碌地筑巢。向阳的地方,从土里长出一片片鲜绿色的嫩草,毛茸茸的,向着太阳,真是动人。我身上觉得春寒阵阵袭来,但心里却涌动着丝丝的喜悦,也滋生出光明的希望的幼芽。春天的大地上，是多么舒适呀！

接近中午，我们抵达克拉斯诺维多沃村。在陡峭的高山上，兀立着一座蔚蓝色屋顶的教堂，从教堂沿着山坡往下，延绵着一幢接一幢的美好坚固的木屋，黄色的木板屋顶和锦缎似的草屋顶闪着光亮，看上去又朴素又漂亮。

我曾经在轮船上经过这个村子许多次，每次都对它欣赏不已。

我和库库什金一块儿开始搬卸平底木船上的货物时，罗马斯从船舷上把货袋递给我说道：

"您还是很有气力啊！"

接着，他眼睛没有望我，问道：

"胸还疼吗？"

"一点也不疼。"

他那委婉的提问使我非常感动。因为我特别不愿意让农民们知道我曾经自杀过。

"力气，你有的是，可以说是力气大得过头了，"库库什金饶舌地说，"年轻人，你是哪一个省的人？是尼日戈罗德省的？人家逗弄你们，说你们把水当饭吃。还有一句话'要知道，该好好注意鸥鸟从哪儿飞'①，这也是说你们的。"

一个又高又瘦的庄稼汉，满头浓密的浅褐色头发，蓄着鬈曲的胡子，只穿着衬衫和裤子，赤着脚从山上沿着山坡跨着大步走下来。涉过许多条闪烁着银光的溪水，踩着变软的泥土，东滑西倒，

---

① 不少尼日戈罗德人在伏尔加河上靠拉纤过活，拉纤时常常根据鸥鸟飞行的方向观察天气变化。

步履跟跄。

他走到河岸上,亲切而响亮地说道:

"欢迎你们。"

他向四周望了一下,俯身拾起一根又一根粗粗的竿子,将两根粗竿的顶端搁在船舷上,轻快地一纵身跳上了木船,便指挥起来:"把脚踩住竿子的一头,别让竿子从船舷上滑下去,用手接桶吧。小伙子,到这儿来帮帮忙。"

他长得像画中的美男子,看上去也非常有力气。他长着一副粉红色的脸膛,端端正正的大鼻子,他那双蔚蓝色的眼睛闪烁着机警的光芒。

"伊佐特,你会感冒的。"罗马斯说道。

"我吗?你别担心。"

我们把煤油桶滚到了岸上,伊佐特用眼睛打量着我,问道:

"你是店员吗?"

"你跟他斗一斗。"库库什金建议道。

"人家又把你的嘴脸打坏了?"

"拿他们有什么办法呢?"

"是些什么人呀?"

"就是那些打人的家伙呗……"

"唉,你呀!"伊佐特说道,叹了一口气,又转向罗马斯,"运货大车马上就会下来的。我从大老远就望见你们了,看你们在航行,航行得真好,安东内奇,你走吧,我在这儿照顾一下。"

看得出,这个人对罗马斯既友好又关心,甚至像保护人似的关怀他,虽然罗马斯比伊佐特年长十来岁。

过了半个小时,我已经坐在一座崭新的木房那干净而舒适的房间里了,墙壁上的树脂和木屑味还没有完全消失。一个目光敏锐的婆娘麻利地摆着桌子,准备开饭。霍霍尔从手提箱里把几本书捡了出来,放到炉子旁边的书架上。

"您的房间在阁楼上。"他说道。

从阁楼的窗户向外望去,可以看到一部分村子,一道山沟正对着我们的木房。山沟里灌木林之间露出一座座澡堂的屋顶。山沟后面是一片果园和黑土田野,松软的缓坡延绵不断地伸向满是森林的蓝色山岭,直到地平线。在一座澡堂的屋脊上,坐着一个身穿蓝色衣裳的庄稼汉,他一手握着斧头,一手遮在额前,向下面望着伏尔加河。大车咯吱咯吱作响,母牛累得哞哞叫,一条条溪水哗哗地奔流着。一个全身穿着黑衣服的老太婆从一所木房的外门走出来,又转身向着大门里面狠狠地说道:

"你们这些该死的!"

有两个小男孩竭尽全力用石块和泥土挡住小溪的去路,听到老太婆的声音,他们飞快地从她眼皮底下逃跑了。老太婆从地上捡起一块木片,往上面吐了一口唾沫,把它丢进溪水里。随后,用一只穿着男式靴子的脚踩毁了孩子们的工程,接着向着伏尔加河走下去。

我将怎样在这里生活呢?

他们招呼我去吃饭。阁楼下面,伊佐特坐在桌前,伸直了两条长腿,他的脚是紫红色的,他正在说些什么,然而他一看见我就不作声了。

"你怎么啦?"罗马斯皱着眉头问道,"讲吧。"

"已经没有什么好讲的了,全都说了。这就是说,大家做了这样的决定：由我们自己应付一切，你出门要带上手枪，不然就带一根粗点儿的棍子。巴里诺夫在场时，不是什么都可以讲的，他和库库什金的舌头跟长舌妇的一样。小伙子，你喜欢钓鱼吗？"

"不喜欢。"

罗马斯谈起组织农民和小果园所有者的必要性，把他们从倒腾采卖的收购商手里解脱出来。伊佐特凝神听完他的话后说道：

"这些恶霸们根本不会让你好好过日子的。"

"咱们走着瞧吧。"

"是啊，就是这样！"

我望着伊佐特，思索着：

"卡罗宁①和兹拉托夫拉茨基②大概是以这样的农民作原型来写短篇小说的……"

难道说我已经接近了某些重大的事情，即将同那些干真正事业的人们一起工作了吗？

吃过饭后，伊佐特说道：

"米哈伊洛·安东诺夫，你别性急，好事不会很快就办成的。要悠着点儿！"

他走了以后，罗马斯若有所思地说道：

"这个人既聪明又诚实。可惜他缺少文化，看书很吃力，不过他学习很顽强。您在这方面好好帮助他吧！"

---

① 卡罗宁（1853—1892），俄国民粹派作家。他的作品多半描写农村生活。
② 兹拉托夫拉茨基（1845—1911），俄国民粹派作家。他的作品主要描写农民的苦难生活和农村阶级分化的情形。

他让我熟悉店里的各种商品的价格，一直干到夜晚。他告诉我："我出售的货物比村里另外两个小店主要便宜，这当然使他们不乐意。他们常常加害我，还准备将我往死里打。我之所以住在这里，并不是因为在这里我感到愉快，或者做生意有利可图，而是由于别的原因。这个嘛——我的企图跟你们的面包店是相同的……"

我告诉他，关于这一点我已猜到了。

"嗯，是呀……应当开导人们，使他们懂道理才是，对吗？"

小店铺已经关门，我们手里拿着灯在铺子里到处走，同时街上也有个人小心翼翼地在泥泞里啪唧啪唧地走着，时不时沉重地走上台阶。

"您听到了吗？有人在走动！这是米贡，一个穷光蛋，一只凶狠的畜生，他喜欢干坏事，就像漂亮姑娘爱卖弄风情一样。您跟他说话要特别小心，总之跟谁说话都要谨慎小心……"

后来，在房间里，他抽起了烟斗，他那宽阔的肩背靠着炉炕，眯缝起眼睛，透过他的胡须吐出一缕缕烟雾。他慢慢地斟酌着用词，组成简单明了的言语，他说他早已注意到我碌碌无为虚度了青春年华。

"您是一个有才能的人，生性顽强，看来您心怀美好的愿望。您应当好好学习。但不要这样学习：只看书本，不见人。一个教派的老头儿说得非常正确：'任何学说都是从人那里得来的。'人们教训你要比看书更痛苦些，他们教训你时是很粗暴的，然而他们的教训让你记得更牢，深深刻印在心里。"

他说的关于首先应该唤醒农民的理智这些话，我都熟悉。然而在这些熟悉的话里，我体会到了更深刻、更新颖的意思。

"你们那儿的大学生们喋喋不休地清谈什么对人民的爱呀，关于这个问题我是这样对他们讲的：不能爱人民，对人民的爱便是一句空话……"

他撅起胡须微微一笑，用寻根问底的目光瞧了瞧我，接着开始在房间里走动起来，继续坚定而又生动有力地说道：

"爱，这意味着赞同、迁就、不指责、宽恕。对待女人需要这样。难道对人民的愚昧无知可以视而不见，不加指责吗？对他们的糊涂思想可以赞同吗？对他们的任何卑鄙行为可以迁就吗？对他们的极端残暴可以宽恕吗？不能这样吧？"

"不能。"

"您看到了吧！你们那里的人们都在阅读和歌唱涅克拉索夫①的诗，喏，您要知道，光读涅克拉索夫的诗是不会有大作为的！应该开导农民：'老弟，虽然你本人不赖，可是你的日子过得很糟，你无法使你的生活过得轻松些、美好些。野兽尚且比你更会照顾自己，更好地保护自己呢。就是你这样的农民也能成为各种人才，贵族、神父、学者和沙皇，所有这些人都是过去的农民，知道了吗？明白了吗？嗯，你要学会生活，别让人家折磨你……'"

他去厨房里吩咐厨娘生起茶炊，然后让我观看他的书籍，几乎全部的书都是科学类的：有巴古尔②、莱伊尔③、哈特波尔·勒启④、拉布

---

① 涅克拉索夫（1821—1877），俄国诗人和革命民主主义者。
② 巴古尔（1821—1862），英国实证论历史学家。
③ 莱伊尔（1797—1875），英国地质学家。
④ 哈特波尔·勒启（1838—1903），爱尔兰历史学家、政论家。

克[1]、泰罗[2]、赫伯特·斯宾塞[3]、达尔文等学者的著作，也有俄国作家皮萨烈夫、杜勃罗留波夫[4]、车尔尼雪夫斯基、普希金等人的作品，还有冈察洛夫[5]的《战船帕拉达号》和涅克拉索夫的一些作品。

他用宽阔的手掌亲切地抚摸着这些书，仿佛抚摸一只只小猫似的，几乎深受感动地喃喃说道：

"多好的书呀！这一本是极其珍贵的书：书刊检察机关当时把它烧了。您要想知道什么是国家，就读一读这本书吧！"

他递给我一本霍布斯[6]的《巨灵》。

"这本书也是论述国家的，而且比较容易读，也有趣些！"

这本有趣的书是马基雅弗利[7]的《君主论》。

在喝茶的时候，他简略地讲了讲自己的身世：他是切尔尼戈夫地区的一个铁匠的儿子，曾经在基辅车站当过列车的润滑工。在那里，他结识了一些革命者，组织过工人自学小组。他遭到逮捕，坐了两年牢，后来又被流放到雅库特省，服了十年的流放徒刑。

"最初，我在那里和雅库特人一起住在乌卢斯，我想我要完蛋了。要知道，那里的冬天真他妈的冷，人的脑子都冻僵了。反正有智力在那里也是无用的。后来，我看到时而在这里、时而在那里出现一个俄

---

[1] 拉布克（1834—1912），英国自然科学家、人种学家。
[2] 泰罗（1832—1917），英国人种学家、社会学家。
[3] 赫伯特·斯宾塞（1820—1903），英国哲学家。
[4] 杜勃罗留波夫（1836—1861），俄国革命民主主义者、文艺批评家。
[5] 冈察洛夫（1812—1891），俄国作家。
[6] 霍布斯（1588—1679），英国哲学家和政治思想家，主张君主专制政体，将国家比作《圣经·约伯记》中所说的巨大而凶猛的河马和鳄鱼。
[7] 马基雅弗利（1469—1527），意大利政治活动家、历史学家，主张君主专制。

罗斯人，碰见的俄罗斯人不算太多，但毕竟有俄罗斯人了！仿佛为了那里的俄罗斯人不感到寂寞，不时打发一批人去那里。他们都是很好的人。有一个大学生，他叫弗拉基米尔·柯罗连科①，现在他也回去了。有一个时期我和他相处得很好，后来就分道扬镳了。我们在许多方面彼此都很相像，但往往相似的人不会成为朋友。他是一个庄重顽强而又多才多艺的人，甚至会画圣像，这一点我很不喜欢。据说他现在为几家杂志撰稿，文章写得很好。"

他谈了很久，一直谈到深更半夜。看来，他希望一下子就使我完全符合他的要求，成为像他那样的人。我初次感觉到与人相处得如此真诚，如此友好。自从我尝试自杀之后，我对自己的评价急剧下降，我觉得自己很卑微，在人面前有罪似的，我活着感到羞耻。想必罗马斯理解我的这种心情，于是仁慈地向我打开了他自己生活的大门，使我振作起来。这是一个永远难忘的日子。

星期日，教堂里做完日祷之后，我们的铺子开门营业，立即有不少农民陆续聚集到店铺的台阶上。头一个来的是马特维·巴里诺夫，这个人邋邋遢遢，头发蓬乱，两只手臂长得像猿猴似的，有一双女人那样俊秀的眼睛，目光悠悠闲闲的。

"城里有什么新闻吗？"他打完招呼之后问道，没有等待回答，便迎着库库什金喊起来：

"斯捷潘！你的那些猫又吃了一只公鸡！"

他又立刻讲省长从喀山到彼得堡朝见沙皇的事，省长为了请求沙皇把所有的鞑靼人迁移到高加索和土耳克斯坦上下奔忙。他夸赞

---

① 弗拉基米尔·柯罗连科（1853—1921），俄国民主主义作家和社会活动家。

省长道：

"聪明人！懂得自己该干什么……"

"这些全是你自己臆造出来的。"罗马斯平静地指责道。

"我？什么时候？"

"不知道……"

"安东内奇，你多么不相信人啊！"巴里诺夫责备说，遗憾地摇着头，"可是我很可怜鞑靼人，他们哪能适应高加索的习惯呀。"

一个又瘦又小的人小心翼翼地走过来，他穿着一件破破烂烂的别人的紧腰碎褶长外衣；不时的抽搐使他苍白的脸变了样，他咧着发黑的嘴唇，露出病恹恹的微笑；他那只锐利的左眼不断地眨巴着，眼睛上方被一条条伤痕截断了的灰白眉毛不时颤抖着。

"向米贡致敬！"巴里诺夫嘲笑地说道，"昨天夜里你偷了什么？"

"偷了你的钱。"米贡向罗马斯脱帽致意，接着用响亮的高音回答说。

我们木房的主人，也是我们的邻居潘科夫从院子里走了出来，他穿一件西服上装，脖子上系着一块红色的领巾，脚上穿一双胶皮套鞋，胸前挂着一条长得像缰绳的银链子。他用愤怒的目光打量着米贡："老魔鬼，要是你再钻进我的菜园子里来，我就用木桩打你的腿！"

"又开始说老一套的话了，"米贡平平静静地说，叹着气，补充道，"要是你不打人，你还能够活下去吗？"

潘科夫又开始骂他，而他再补充说：

"我才四十六岁，算什么老啊？"

"可是去年圣诞节期间,你就五十三岁了,"巴里诺夫喊叫起来,"你自己说过五十三岁啦!你干吗要扯谎呢?"

又来了一个很有风度的大胡子老头儿苏斯洛夫①和渔夫伊佐特。这样就聚集了十来个人。霍霍尔坐在门廊里,靠近店铺的门,一面吸着烟斗,一面默默地听着庄稼人的谈话。他们安坐在门廊下的台阶上和台阶两边的长凳上。

这一天天气很冷,但晴朗灿烂,经过严冬的蓝天飘着朵朵白云,光斑和云彩在溪水和水洼里嬉戏,水面闪烁着明亮的反光,时而耀人眼目,时而柔和得像天鹅绒一般,抚爱着人们的眼睛。盛装艳服的姑娘们,宛如一只只孔雀,步履轻盈地经过这条街下坡,往伏尔加河走去,姑娘们跨过水洼的时候,提起裙子的下摆,露出铁青色的矮勒皮鞋。小孩子们肩上扛着显得特别长的钓鱼竿奔跑过去。中年的庄稼汉们路过这里的时候,斜着眼睛望望我们店铺前的这群人,默默地掀一掀便帽或宽边毡帽以示致意。

米贡同库库什金心平气和地探讨一个搞不清楚的问题:打起架来谁更狠些——是商人呢,还是地主老爷?库库什金说是商人,米贡则帮着地主说话,他那响亮的高音压过了库库什金断断续续的话语。

"有一回,芬格罗夫先生的爸爸揪住了拿破仑·波拿巴的胡子。芬格罗夫先生抓住他们两个人后脑勺上的羊皮领子,他的两只手臂往两边拉开,接着把他们两人的脑门子使劲噼啪一碰,脑袋裂开了,得!两个人一动不动地倒在地上。"

---

① 我已经记不清楚这些农民的姓名,大概把他们的姓名搞混或是走了样。——作者注

"这样一来,你也躺下了!"库库什金同意地说道,而后补充了一句,"喏,可是商人比地主老爷吃得更多啊……"

仪表堂堂的苏斯洛夫,坐在台阶的最高一级上面,发着牢骚:

"米哈伊洛·安东诺夫,现在农民在土地上动摇了,先前在地主老爷跟前,谁也不许白吃过日子,每个人都有规定的事情要做……"

"那你就上个呈文,请求重新实行农奴制吧。"伊佐特回答他道。罗马斯没有吭声,瞧了他一眼,便在台阶的栏杆上敲了敲烟斗,清除烟灰。

我等待着:什么时候他才会发言呢?于是,我一面留意听着农民们不大连贯的谈话,一面极力想象霍霍尔会说些什么话。我觉得,他已经错过了一连串插入农民们谈话的好时机。可是他依然不在意地沉默着,并且像木偶似的一动不动坐在那里,注视着风儿吹皱了坑洼里的水,仰望天上一朵朵云彩被吹聚成浓厚的灰色云团。伏尔加河上,传来轮船的汽笛声。在手风琴轻盈琴声的伴奏下,河畔下面传来姑娘们尖细的歌声。一个醉汉,一面打着嗝儿,一面呼噜着挥动手臂,两只脚东倒西歪、跌跌撞撞沿街走下坡去,时不时摔倒在水坑里。庄稼汉们的话语说得越来越缓慢了,从他们的话语中能品味到忧郁苦闷,我也感到了丝丝的忧愁苦闷——寒冷的天空看来要下雨,我回想起城市里不断的喧嚣和各种各样的嘈杂声,街上来去匆匆的人们,他们巧言善辩,所说的许多话语刺人神经。

晚上喝茶的时候,我问霍霍尔,他打算什么时候才和农民们谈话。

"谈什么?"

"啊哈,"他仔细听完我的话后才说道,"喏,您要知道,如果我跟他们谈这些话,况且还是在大街上,那么人家会把我再一次押送到雅库特去的……"

他把烟丝塞满烟斗,抽起烟来,烟雾立即把他笼罩起来。他自由①还不到三十年,每一个四十岁的农民生下来时就是奴隶,他们现在还记得这一点。什么是自由,这很难理解。议论时挺简单,自由就是我愿意怎样生活就怎样生活呗。但是到处都有管你的上司,他们全都干涉你的生活。沙皇从地主手里夺走了农民,因此现在沙皇是所有农民的唯一主子。倘若再问他们什么是自由,他们会说,总有一天沙皇会解释自由是什么意思的。农民非常相信沙皇,相信这个全部国土和全部财富的唯一主人。他既然能从地主手里夺走农民,也就能从商人手里夺走轮船和商店。农民拥护沙皇,他们的看法是主子多了不好,最好只有一个主子。他们等待着沙皇给他们宣告自由行事的这一天,到时候谁愿拿什么就拿什么。大家都盼望着这一天。每个人都在担心,每个人内心里都在戒备着,不要错过这个总分配的决定性的日子。他们也担心自己:想要的东西很多很多,并且也有东西可拿,可是你怎么样去拿呢?大家都垂涎三尺地把目光盯在同样的东西上。况且到处都有无数的上司,显然他们全都仇视农民,甚至也仇视沙皇。可是没有这些上司也不行,否则大家都要你争我夺,互相撕打起来。

狂风哗啦啦将瓢泼春雨泼洒到窗玻璃上。灰蒙蒙的雾气笼罩着街道;我的心里也是灰蒙蒙的,愁闷油然而生。罗马斯显出一副深思的神情,他平静地低声说道:

"要诱导农民,让他们一步一步地学会从沙皇那里把政权夺到自

---

① 指1861年2月19日沙皇下令废除农奴制,至1888年,只不过28年。

己的手中。要告诉他们,人民应该有权从自己人中间选举长官,既选区警察局局长,又选省长,还选沙皇……"

"那还要一百年!"

"可是,您想在三圣节①到来之前一切都万事大吉吗?"霍霍尔认真地问道。

晚上,他外出到一个什么地方去了。十一点钟左右,我听到街上一声枪响,枪是在附近的某个地方打响的。我冒雨奔跑到黑暗的街上,看到米哈伊尔·安东诺维奇正向大门走来,那个又大又黑的人影不慌不忙地、小心翼翼地绕开街上一股股流水。

"您来干吗?是我放了一枪……"

"朝谁?"

"发现有几个人拿着一头削尖的粗木棍向我扑过来。我喝道:'别纠缠,我要开枪了。'可是他们不听。于是我就朝天开了一枪,天空是打不坏的……"

他站在过道里脱去外衣,用手拧掉湿漉漉的胡须上的雨水,鼻子像马鼻似的发出呼哧呼哧声。

"我的这双鬼靴子有窟窿了,该换一双了。您会擦手枪吗?请擦一擦,否则要生锈的。涂上一些煤油……"

他极为镇静,他那双灰色眼睛闪射着顽强、从容的目光!这使我赞叹不已。在房间里,他对着镜子,一面梳理着胡须,一面警告我说:

"您在村子里行走要多加小心,特别是节假日的晚上,大概他们

---

① 基督教节日,在每年耶稣复活节之后第五十天,三圣降临的节日。

也要揍您的。不过您随身不要带木棍,这会招惹那些好打架的人,并且可能使他们觉得您胆小害怕。害怕可没有必要!他们自己倒是些胆小的人……"

我开始生活得很好。对我来说,每天都有新鲜而又重要的事情。我如饥似渴地读着自然科学方面的书籍,罗马斯指导我说:

"马克西美奇,您最好首先读懂这方面的书籍,这门科学里面有人类最优秀的才智。"

每周有三个晚上伊佐特到这里来,我教他识字。起初他对我不大信任,不时流露出讪笑,然而我给他讲了几次课后,他友好地说道:

"你讲解得真好!小伙子,你当教师该多好……"

他突然提议:

"看你好像很有劲,咱们俩来拉棍比比看,好吗?"

我们从厨房里拿来了一根棍子,坐到地板上,各自握住棍子的一端,互相用脚掌抵住脚掌,努力把对方从地板上拉起来。我们较量了很长时间,霍霍尔在一旁微笑着,为我们助兴:

"啊——使劲儿!加油!"

伊佐特终于把我拉了起来,这似乎更博得了他对我的好感。

"不算什么,你挺健壮!"他安慰我说道,"可惜你不喜欢捕鱼,不然你就可以跟我一块儿到伏尔加河上去了。夜间,伏尔加河上的景色,真是天堂一般呀!"

他学习很勤奋,也颇有成效,他自己也感到非常惊奇;往往在授课之间,他蓦地站起身,从书架上拿起一本书,紧蹙双眉,费劲地读上两三行,于是涨红着脸,望着我惊喜地说道:

"要知道,我读下来了,真怪啊!"

于是，他把眼睛闭上，重复读诗句：

宛如慈母哽咽在亡儿的坟墓旁，
一只鹬鸟哀鸣在凄凉的原野上……①

"你看到了吧？"

他有几次郑重其事地低声问我道：

"老弟，你给我解释解释，这究竟是怎么一回事？怎么人一瞧着这些黑色的字符，它们就成了一句句话呢？我明白这些话——是常说的话，是我们说的话呀！我是怎样明白的呢？谁也没有在我耳边轻声提示我呀。如果这是一张张图画，喏，那就非常好理解。可是这里似乎是把思想本身印在了书上，这是怎么搞的呢？"

我能回答他什么呢？我告诉他"不知道"，这使他很伤心。

"这真是巫术呀！"他一面叹着气，一面把书一页一页地对着灯光，仔细地察看着。

他身上有着令人愉快和感动的天真，有着一种纯洁的孩子气，他越来越使我觉得他像书里面所写的那种非常好的农民。他几乎跟所有的渔夫一样，是个富有诗意的人，他喜欢伏尔加河，喜欢静寂的夜，喜欢孤独，喜欢静观生活。

他眼望着星星问我道：

"听霍霍尔说，那里可能也住着同我们相似的人，你是怎么看的？这是真的吗？能给他们个信号该多好，可以问问他们是怎样生活

---

① 涅克拉索夫长诗《萨沙》中的诗句。

的,也许,他们比咱们过得更好,更快乐些……"

实际上,他很满意自己的生活,他孤身一人,没有一寸土地。他喜爱捕鱼,生活得很宁静,不依赖于任何人。但是,他对庄稼人的态度很不友好,并且警告我说:

"你别瞧他们显得很亲切,他们都是些非常狡猾的人,虚伪得很,别相信他们!他们今天对你这样,明天就会是另一个样儿,每一个人都只关心自己的事,把公众的事情看作是苦役。"

这个心肠万般柔软的人,谈到"土豪劣绅"时,却怀着出奇的仇恨:

"他们为什么比别人更富裕呢?因为他们比别人更聪明。所以你要是聪明的话,他妈的,你就记住:农民应该团结一致,那才会有力量!可是把农村搞得四分五裂,好像把一块劈柴劈成了细木条似的。你知道,结果就是这样!他们自己跟自己过不去。那是些作恶的人啊,瞧霍霍尔跟他们在一块儿被弄得劳累不堪……"

他长得很漂亮,身体又健壮,女人们非常喜欢他,她们把他制伏了。

"不消说,我在这方面被女人们惯坏了,"他后悔地柔声说道,"对丈夫们来说,这是侮辱。我若处在他们的位置上也会生气的。但是娘儿们不能不爱怜呀。娘儿们,她好像是你的第二个灵魂。她们活着没有欢乐,没有爱抚,像牛马那样干活儿,再也没有什么别的了。丈夫们都没有时间来爱她们,可我是个有空闲时间的人,许多娘儿们在婚礼后的第一年就尝着了丈夫们的拳头。是的,我在这方面是有罪的,我跟她们太放荡了。我向她们要求一点:娘儿们,你们只要彼此别生气,我完全能够满足你们大家的欲望!你们彼此不要吃醋,你们对我来说都是一样的，你们所有的人我都爱……"

他长满胡子的脸绽出了难为情的笑容，接下去说道：

"我甚至和一位太太也玩了玩。那位太太从城里来到这儿的别墅，她真是个美人儿，皮肤白净得像牛奶一样，她的头发是亚麻色的，她那双可爱善良的眼睛蓝莹莹的。我把鱼卖给她，常常是目不转睛地盯着她。'你怎么啦？'她问道。'您自己清楚呀。'我说。'嗯，好吧，'她说道，'我夜里到你那里去，你等着吧！'这是真的！她来了。不过她害怕蚊虫，蚊虫把她咬惨了，因此我们什么也没有搞成。她说：'我不行了，咬得太凶了。'她自己几乎要哭了。过了一昼夜，她的丈夫来了，是个什么法官。瞧这些太太，"他以既惆怅又责备的口气结束了这个话题，"蚊虫也会扰乱她们的生活……"

伊佐特非常称赞库库什金：

"若是仔细观察庄稼汉，那么，库库什金这个人的心肠算是好的！大家都不喜欢他，嗯，这太不公正啦！当然，他是个多嘴的人，要知道，任何人身上都会有些不足之处的。"

库库什金是个没有土地的农民，娶了个经常喝得醉醺醺的女用人做老婆。那个女人个子矮小，然而很机灵，非常有劲，并且很凶。库库什金把自己的房子租给了一个铁匠，自己却住在澡堂子里，在潘科夫那里干活儿。他很喜欢新闻，没有新闻的时候，他就自己臆造出各种故事来，这些故事的内容都是一个模子里倒出来的。

"米哈伊洛·安东诺夫，京科夫区的警官要离职去当修士了，他说：'我不愿意再干折磨农民的事了，不干啦！'你听说了吗？"

霍霍尔认真地说道：

"要是这样的话，所有的长官都要离开你们跑掉了。"

库库什金一面从他那没有梳理的淡褐色的头发里捋出麦秸、干草和鸡毛,一面思考着说道:

"不会全都跑掉的,那些有良心的人才跑呢,当然,他们在自己的职位上感到很难过。安东内奇,我看得出来,你是不相信良心的。可是一个人如果没有良心,即使有很大的智慧也是活不下去的呀!请你听我讲一件事吧……"

于是他讲述了一个"最聪明的"女地主的故事:

"她曾经是一个非常凶狠的女人,连省长都不顾自己的高贵,登门拜访她。省长说:'夫人,请您谨慎些,以防万一。您干的那些卑鄙可耻的坏事甚至传到了彼得堡!'当然,她用果子露酒款待了他,她说道:'上帝保佑您一路平安,请回去吧,我是不会改变我的性格的!'过了三年零一个月,她突然把农民们召集起来,说道:'这是我所有的土地,现在全属于你们了,我向你们告别,请你们饶恕我吧,我要……'"

"出家去修道院了。"霍霍尔提示说。

库库什金注意地望着他,证实道:

"对,去当修道院的院长!这么说,你已经听说过她的事了?"

"我从来没有听说过。"

"那你怎么会知道的呢?"

"我了解你。"

这个幻想家摇着头嘟哝道:

"你多么不相信人呀……"

总而言之,他所讲的故事里的坏人和恶人,恶事做尽做厌了,便"杳无音信地失踪了",然而更常见的是,库库什金把他们送到修道院去，宛如把垃圾运到垃圾场那样。

他脑子中往往出现一些突如其来的怪念头，于是他忽然皱起眉头声明道：

"我们制伏鞑靼人是不应该的，鞑靼人比我们好多了！"

当时没有任何人谈论鞑靼人，大伙儿正谈着组织果园主的合作问题。

罗马斯讲西伯利亚，提到西伯利亚富裕农民的情况时，库库什金却突然若有所思地嘟哝道：

"倘若人们在两三年里不去捕捞青鱼，那么，青鱼就能繁殖得使海水漫过海岸，人们就会遭受水灾，这是一种繁殖力非常强的鱼呀！"

村子里的人都认为库库什金是个无所作为的人，他讲的故事和他那些稀奇古怪的想法往往惹得农民们嘲骂他，但是他们还是兴趣十足地倾听他讲述，仿佛期待着能从他那些胡编乱造的故事里听到真理似的。

"瞎扯谎的人。"一些中年以上的人都这样称呼他。只有那个爱穿着打扮的潘科夫认真地说道：

"斯捷潘是一个难以猜测的人……"

库库什金是个非常能干的多面手，他是个桶工、砌炉匠，又懂得养蜂，能教女人们饲养家禽，还做得一手精巧的木匠活。他很喜欢猫，在他的澡堂子里养着大大小小十来只喂得饱饱的猫。他训练猫吃禽类，用乌鸦和寒鸦喂它们，这更引起了村民们对他的不满：他的这群猫常常咬死小鸡和母鸡，女主人们逮住斯捷潘的猫，狠狠地痛打它们。在库库什金的澡堂子附近，常常能听到伤心的女主人那愤怒的尖叫声，但是这并没有使他感到不安。

"蠢娘儿们，猫是猎取活物的兽类，它比狗要灵活得多。我要教会它们猎取飞禽，咱们养上几百只猫，可以卖出去，收入全归你们，蠢娘儿们！"

他本来是识字的，但是忘记了，他不想再捡回来了。他天生聪明，能比所有的人更快地抓住霍霍尔讲话的实质。

"是这样，是这样，"他像小孩服苦药似的皱着眉头，说道，"这么说，伊万雷帝对小老百姓没有害处啰……"

他，伊佐特和潘科夫一到晚上就来我们这里，时常坐到午夜，听着霍霍尔讲世界的结构，讲外国的生活情况，讲各国人民的革命运动。潘科夫喜欢法国大革命。

"瞧，这才是生活的真正大转变。"他称赞道。

两年前，他与父亲分家单独过日子。他的父亲是个富裕的农民，因甲状腺肿大脖子很粗，长着一双凸出来的可怕的眼睛。潘科夫经过"自由恋爱"，娶了一个孤儿——伊佐特的侄女为妻。他对老婆管得很严，可是让她穿着城市的服装。父亲咒骂他太执拗任性，路过儿子的新房子的时候总要狠狠地朝它吐一口唾沫。潘科夫把房屋租给了罗马斯，并且接着房子加建了一爿小店堂，这违背了村子里的财主们的愿望，为了这桩事他们憎恨他。他表面上对他们抱着无所谓的态度，但是谈起他们时，便流露出藐视他们的态度，他和他们打交道时很粗暴，并且嘲笑他们。农村生活使他感到很不舒服。

"我要是有一技之长，就住到城里了……"

他身材匀称，总是穿得很整洁，仪表堂堂。他的自尊心非常强，心眼很多，怀疑心也重。

"你干这种工作是出于感情呢，还是出于理智？"他问罗马斯。

"你是怎么看的呢？"

"不，请你说吧。"

"依你看，怎样更好些呢？"

"我不知道！那你怎么看呢？"

霍霍尔很顽强，他终于迫使这个庄稼人说出自己的看法。

"当然，出于理智更好些！得不到好处的理智是不存在的，哪儿有好处，那里的事业就牢靠。心肠对我们来说不是一个好顾问。凭着感情，我会做出这种事情——那会很糟糕的！我一定会放火烧了神父的房子，教训他不要管他不该管的事！"

神父是个凶恶的小老头儿，他有一副鼹鼠似的嘴脸。他干涉过潘科夫父子间的争吵，深深得罪了潘科夫。

最初，潘科夫对我很不友好，几乎怀着一种敌意，甚至以主人的态度对我大叫大嚷。不过这种态度很快就消失了，但我感觉得到，他对我还有一种暗暗的不信任，我呢，也不喜欢潘科夫。

那些夜晚的情景我牢记在心：在一个圆木墙壁的洁净小房里，窗户上的护窗板关得严严实实，屋角的桌子上点着一盏灯，灯前坐着一个前额凸起、头发剃得精光、蓄着大胡子的人，他正在讲话："生活的本质，在于人们要越来越远离兽性……"

三个农民在注意听他讲话，他们一个个眉清目秀，一副聪明相。伊佐特一动不动地坐着，仿佛在倾听只有他一个人才能听到的遥远的声音；库库什金不停地转动身子，好像有蚊虫在咬他似的；潘科夫摸着他那浅色的唇髭，静静地领悟着：

"这就是说，还是需要把人们划分成几个阶层啰。"

潘科夫跟他的雇工库库什金说话从来不粗暴,并且注意倾听那位幻想家臆造出来的滑稽可笑的故事,这一点我非常喜欢。

谈话结束后,我便回到自己的阁楼上,坐在那扇打开的窗户旁边,眺望沉睡着的村子和万籁俱寂的田野。闪烁的星光穿透夜雾,似乎星星离地面越近,它们就离我越远。沉寂无声使我觉得我的心紧缩起来,我的思想却向那无边无际的空间蔓延,我似乎看见了成千上万个农村,它们如同我们的村子一样,也是默默地紧伏在平坦的大地上。一切都是静止的,悄然无声的。

空荡荡的夜,雾气沉沉,我浑身感到一阵发热,仿佛有千万条无形的水蛭吸附在我的心上,我渐渐感到昏昏欲睡的倦意向我袭来,一种模糊不清的惊恐搅得我惶惶不安。我在大地上是如此卑贱和微不足道呀……

展现在我面前的农村生活毫无乐趣。我多次听说过,并且也读到过,村里的人比城里的人活得更健康,农村人更诚恳。但是,我在这里看到的农民,他们不停地干着苦役般的活儿,其中有许多人很不健康,很多人干活用力过度受了内伤,所有的村里人几乎都是愁眉苦脸的。城市里的手艺工匠和工人干的活儿并不少,可是他们生活得比较快乐,不像村里那些忧郁的人那样苦闷,那样发牢骚,抱怨生活。我觉得农民的生活并不简单,他们需要鼓足干劲,精心侍候土地,需要多一些随机应变的机智来对付他人。现今这种缺乏理性的生活,丝毫不令人感到亲切。看得出来,这个村子里的人全部都像盲人似的摸索着过日子,都在担心着什么,互相没有信任,他们身上有着一些狼一样的禀性。

我很难理解,他们为什么这样固执地不喜欢霍霍尔、潘科夫以及所有"我们的人"——想要理智生活的人。

我清楚地看到城市居民的长处,他们渴望幸福,大胆追求理智,他们抱有各种各样的目的和使命。在这样的夜里,我总是想起那两个城里人:

弗·卡卢金和兹·涅别伊
钟表技师,兼修各种仪器、外科医疗用具、缝纫机、各类八音盒等。

这块牌子钉在一家小店的狭窄的店门上方,门的两侧是沾满灰尘的窗户。在一侧的窗子下面坐着弗·卡卢金,他是个秃头,他那发黄的脑壳上长着一个疙瘩,一只眼睛上戴着放大镜。他的脸是圆圆的,他的身体很健壮。当他用精细的镊子拨弄钟表内部的机械时,他几乎在不停地微笑,或者张开藏在灰白唇髭下的圆圆的嘴巴唱歌。在另一侧的窗户下,坐着兹·涅别伊,他满头鬈发,皮肤黑黑的,长着一个歪斜的大鼻子,一双像李子似的大眼睛,蓄着一撮山羊胡子;他干瘪瘦削得活像一个魔鬼。他也在拆修某种精密的小仪器,偶尔以男低音突然叫喊着:

"特拉——达——达姆,达姆!"

他们的背后,杂乱无章地堆着各种箱形设备、机器、轮子、八音盒和地球仪,在一排排架子上,放着各式各样的金属玩意儿,在几面墙壁上挂着许多壁钟,它们的钟摆不停地摆动着。我愿意成天看着这两个人是怎样工作的,但是我那长长的身体遮住了他们的光线,他们对我做出难看的鬼脸,向我摆摆手——把我赶走。我离开他们时,羡慕地想道：

"一个人各种活儿都会做，是多么幸福呀！"

我钦佩这些人，相信他们通晓各种机器和工具的奥秘，并且能够修理世界上的一切东西。这才是真正的人啊！

可是我不喜欢农村，不理解那些农民。尤其是娘儿们常常抱怨自己的病痛。她们有个什么毛病"使得心里乱翻腾"，"使胸口憋得呼吸都困难"，而且经常是"肚子里肠绞痛"。她们逢年过节，坐在自家的木房前或者坐在伏尔加河畔，更乐意多谈这些病痛。他们全都特别容易发脾气，疯狂地互相对骂。为了打碎了一个只值十二戈比的瓦罐，三家人拿起粗木棍互相打斗，打断了老太婆的一只手臂，打破了小伙子的脑壳。这种互相殴打的事件几乎每周都要发生几起。

小伙子们公然恬不知耻地耍弄姑娘们，跟她们胡闹：他们在田野里捉住姑娘们，撩起她们的裙子，裹住她们的脑袋，用椴树韧皮把裙子下摆牢牢扎住，这叫作"给姑娘插花"。从腰部以下裸露的姑娘们尖声又叫又骂。但她们似乎又很喜欢这种游戏，很明显，她们是有意地慢慢解开自己的裙子的。教堂里做彻夜祈祷的时候，小伙子们就去拧姑娘们的屁股，好像他们只是为了这件事才到教堂里来似的。礼拜日，神父在讲道台上说：

"你们这些畜生！难道没有别的地方去干你们这种不成体统的事吗？"

"看来在乌克兰，人们对待宗教比这里的人怀有更多的出自肺腑的虔诚，"罗马斯讲述着，"在这里，人们信仰上帝，我看，只是出于恐惧和最低级的贪求本能。要知道，对上帝那种真诚的爱，对上帝的美德和力量的赞美，在这里的人们身上是找不到的。也许，这一点倒还好些：这里的人们可以比较容易地从宗教中解放出来。我告诉你们吧，宗教是一种最最有害的偏见！"

这个村子里的小伙子们爱吹牛，但是他们都很胆小。他们已经有三次夜里在街上遇见我，企图打我，可是都没有打成，只有一次他们用棍子打着了我的腿。当然，我没有对罗马斯提起这些小冲突，不过他看到我走路有一点儿跛，就猜到了是怎么一回事。

"嘿，您终于得到了这份礼物了吧？我对您说过了的呀！"

虽然他劝告我不要在夜间外出散步，但是我有时候还是穿过一个个菜园子来到伏尔加河岸上，坐在那里的白柳树下，透过晶莹的夜幕向下望去，望到河对岸的草地。雄伟的伏尔加河缓缓流淌，那毫无生机的月亮反射着看不见的太阳的光芒，给流水洒上了一层熠熠的银光。我不喜欢月亮，月亮上有一种不祥的东西，它引起我的忧愁，如同引起狗要对着月亮悲惨吠叫那样。得知月亮放射的不是自己的光芒，它本身是死气沉沉的，在它上面没有也不可能有什么生命存在，这时我感到非常高兴。在那之前，我想象月亮上面居住着铜人，他们的身体是由三角铁组成的，他们像两脚圆规那样行动，发出铿锵的声音，仿佛大斋戒日教堂里敲响的压倒一切的钟声。月亮上面的一切都是铜的，不论是植物，还是动物，所有的一切都在震耳欲聋地不断鸣响着，威胁着大地，妄图做些反对大地的恶事。当我听说在天体中月亮是个空空的星球时，我感到很愉快，但是我仍然很希望有颗大流星落到月亮上面，以足够的力量把月亮撞击得发出熊熊大火来，月球用自己的亮光照耀大地。

我瞧着伏尔加河的流水，河水似鲜亮的锦带般起伏流淌，河水起源于黑暗中遥远的什么地方，消失在岩石河岸的黑影里，此时此刻我觉得，我的思想变得更活跃更敏锐了。脑海里很容易浮现出一些思绪，那些思绪简直难以用话语表达，与白天的感想迥然不同。伏尔加河主宰一切的滚滚河水几乎是在无声无息地奔流。在那黑沉沉的宽阔的河面上移动着一艘汽轮，它宛如一只满身长着火红羽毛的巨大怪鸟，船尾发出轻柔的声响，好像是怪鸟扑动着沉重的翅膀。在长满草的河岸下面有一盏灯火在漂动着，它使水面上伸展出一道刺眼的红光，那是渔夫在灯光下叉鱼。水面上的灯火使人误以为是天上无家可归的星星中有一颗陨落到了河里，灯火在水面上犹如一朵火花在漂浮。

我从书本上所读到的东西，这时候变为奇异的幻想，这种想象力不知疲倦地编织出一幅幅无与伦比的美丽图画，我仿佛跟随着伏尔加河在柔和的夜空中飞翔。

伊佐特来找我了，夜色中他显得更魁梧更可爱了。

"你又到这儿来了？"他一面问道，一面坐到了我的身旁。他望着伏尔加河和天空，用手捋着金黄色的柔细如丝的胡须，许久也不吭一声，凝神注视着什么东西。

后来，他幻想着说道：

"我学会认字以后，要读很多很多的书，我要走遍所有的江河，我会懂得一切的！我要教育人们！老弟，跟人谈谈心里话是多么好呀！就是这样。甚至娘儿们，倘若跟她们说心里话，她们也会明白的。不久以前，有个娘儿们坐在我的船上，她问我：'我们死后会怎么样呢？'她说，'我不相信有地狱，也不相信有天堂。'看见了吧？老弟，她们也是……"

他找不到恰当的词儿，沉默片刻，接着补充道：

"活生生的人呀……"

伊佐特是个爱在夜里活动的人,他有很好的审美感,像一个喜欢幻想的孩子那样,用温柔的话语来谈论美,谈得非常好。他信仰上帝,但不惧怕上帝,不过他是按照教堂里上帝的形象,把他想象成是一个身材魁梧、端庄文雅的老人,是仁慈和聪明的创世主;他未能抑制邪恶,只是因为"他忙不过来,世上繁殖的人太多了,但是这没关系,他会来得及制伏邪恶的,你等着瞧吧!可是我不能理解基督,无论如何也不理解!对我来说,他毫无用处。有了一个上帝,这就行了。可是这里又出来一个基督!据说是上帝的儿子。儿子又有什么关系呢?要知道上帝还没有死呢……"

然而,在更多的情况下,伊佐特只是默默地坐着,思考着什么,偶尔叹息一声,说道:

"是啊,原来如此……"

"你说什么?"

"这是我在自言自语……"

他望着雾气浓重的远方,又叹了一口气:"生活是多么好啊!"

我赞同地说:

"是的,很好!"

黑色天鹅绒带子般的伏尔加河,气势磅礴地流动着,在它的上空伸展着一条弧形的银色天河,那些大的星星宛如金色的云雀在闪闪发光,轻轻吟唱生活奥秘的诗歌。

在远远的草地上方,从浅红色的云朵中间射出了太阳的光芒。瞧,太阳在天上,犹如孔雀开屏似的放射出美丽的朝晖。

"太阳是多么奇妙呀!"伊佐特幸福地微笑着,喃喃地说道。

苹果树开花了，村庄被一簇簇粉红色的花朵包围着，村里充满了苦涩的花香，到处弥漫着这种香气，它冲淡了焦油和粪肥的气味。千百棵盛开着花朵的树，像过节似的穿着花瓣织成的粉红色缎子衣裳，树木一排排整齐地从村里延伸到田野。在月明之夜，微风吹拂，像小蝴蝶似的花朵晃动着，发出依稀的窸窣声，使人觉得村庄似乎被闪着金光的绿色海洋淹没了。夜莺不知疲倦地热烈鸣唱，白日里，椋鸟起劲地相互模仿鸣叫，看不见的云雀不断向大地发出温柔而清脆的声音。

每逢节日的夜晚，姑娘们和少妇们出来逛街，她们像小鸟似的张开嘴唱歌，脸上挂着令人心醉的迷人微笑。伊佐特仿佛醉汉似的微笑着，他消瘦了，一双眼睛陷进了黑色的眼窝里，面容显得更严肃、清秀，更虔诚了。他整天整天睡大觉，只是到傍晚才出现在街上，他忧心忡忡，显出若有所思的神态。库库什金既粗鲁又亲切地挖苦他，他不好意思地微笑道：

"住嘴吧，要知道，我有什么法儿呢？"

接着他又赞叹道：

"啊，生活多么甜蜜呀！要知道，一个人是可以活得多么舒服的呀，世上有如此称心的话儿哟！有的话儿到死也忘不了，死后复活时，首先想起的就是那些话！"

"要当心，丈夫们会打你的。"霍霍尔微笑着善意警告他。

"打是有理由的。"伊佐特同意说。

几乎是每一个夜里，米贡那激动人心的高音伴随着夜莺的歌声传遍了一个个果园、田野和伏尔加河岸，他把美好的歌曲唱得好听得出奇。由于他那动人的歌声，农民们甚至原谅了他所做的许多坏事。

每逢星期六晚上，我们小店铺的门前总要聚集许多的人。苏斯洛夫老头、巴里诺夫、铁匠克罗托夫和米贡，这些人都是必定来的常客。他们坐着，若有所思地谈着话。一些人走了，又来了另一些人，川流不息，人们一直谈到深夜。有时候来了几个醉鬼，吵吵闹闹。比其他人更经常来的是退伍兵科斯京，他只有一只眼睛，左手缺少两根手指。他卷起袖子，挥动拳头，像只好斗的公鸡那样跳到小店铺跟前，费劲地嘶哑喊叫：

"霍霍尔，你这个不怀好意的人，你信土耳其人的宗教！你回答：你为什么不去教堂做礼拜？说呀？你这个邪教徒！人类的捣蛋鬼！你回答：你究竟是什么人？"

人们逗弄他说道：

"米什卡①，你为什么开枪把自己的手指打掉呢？是害怕土耳其人吧？"

他一个劲儿地要打架，可是人们把他抓住了，在一片笑声和喊叫声中，把他推到山沟里——他倒栽着沿斜坡滚了下去，一面忍不住尖声叫喊：

"救命啊！我受重伤啦……"

后来，他爬了上来，浑身沾满了尘土，向霍霍尔讨了一杯什卡利克②的伏特加酒喝。

"为什么？"

"为了我供你们取乐。"科斯京回答道。庄稼汉们齐声哈哈大笑。

---

① 米什卡是科斯京的名字米哈伊尔的爱称。
② 什卡利克是旧俄量酒单位，约合 0.06 升。

一个节日的早晨,厨娘把炉子里的木柴点燃之后,走进了院子里。当时我正在店铺里,从厨房里传来一声巨响,把店铺震得颤抖了一下,一盒盒洋铁盒包装的硬糖从货架上跌落下来,震碎的玻璃叮叮当当落在地板上。我向厨房奔去,一团团黑烟从厨房门喷涌出来,扑向房间,黑烟后面有什么东西发出噼噼啪啪的响声,霍霍尔一把抓住我的肩膀说道:

"等一等……"

厨娘在过道屋里号哭起来。"嗳,傻婆娘……"

罗马斯钻进烟雾里,哐啷一声碰倒了什么东西,他狠狠地骂了一句,喊起来:

"别哭了!拿水来!"

厨房里的地板上,大块大块的劈柴在冒烟,小木片在燃烧,炉砖倒塌在地上,黑洞洞的炉膛里倒是空空的,好像打扫过似的。在烟雾里我摸到了水桶,用水浇灭了地板上的火焰,接着把劈柴一块块扔回炉子里去。

"小心!"霍霍尔对我说,他抓着厨娘的手臂把她推进了房间,命令道:

"去把店门关上!马克西美奇,小心点儿,也许还要爆炸呢……"

于是他蹲下来,仔细察看那些圆圆的杉木劈柴,接着把我扔进炉子里的那些劈柴全都抽了出来。

"您这是干吗?"

"啊,您瞧!"

他递给我一段炸裂得奇形怪状的圆木,我看到圆木内部被人用手摇钻钻空了,并且奇怪地被熏黑了。

"您明白了吗？他们这些魔鬼把炸药塞在劈柴里面，蠢货们，嘿，一俄磅炸药能干什么呢？"

于是他把那块劈柴搁到一边，洗起手来，说道：

"幸亏阿克西尼娅走了出去，要不然她会受伤的……"

有点儿酸味的烟雾消散了，可以看到厨房搁架上的碗碟全都被震碎了，所有的窗玻璃全都从窗框里震掉了，炉口的砖头也炸崩了。霍霍尔此时十分镇静，这使我很不高兴。他的态度真成问题，对这种愚蠢的行动，他仿佛一点儿也不感到气愤。男孩们在街上跑来跑去，响彻着他们的声音：

"霍霍尔家着火了！咱们家也要烧起来啦！"

一个婆娘一边大声哭泣一边数落，阿克西尼娅从房间里惊恐地喊道：

"米哈伊洛·安东内奇！人们冲进店铺里来了！"

"得，得，轻点声！"他一面用毛巾擦干他那湿胡须，一面说道。

几张胡子拉碴的脸由于害怕和愤怒而变了样。他们眯缝着被烟熏痛的眼睛向打开的房间窗户张望，有个人激昂地尖声叫喊：

"把他们赶出村去！他们不断地闹事！上帝呀！这究竟是些什么人呀？"

一个红头发的矮小农民，翕动着嘴唇，在胸前画着十字，企图爬进窗户里来，可是没有爬成；他右手握着一把斧头，左手抽搐地抓着窗台，跌滑下去。

罗马斯手里拿着那块劈柴，问他道：

"你要上哪儿？"

"老爷,我来救火……"

"可是没有任何地方着火呀……"

这个农民惊慌失措地张大嘴巴,溜到一边。罗马斯走出店门来到台阶上,一面把那块劈柴给人群看,一面对他们说道:

"你们中间有个人把炸药放进这段圆木,把它塞到我们的柴堆里。但是炸药太少了,因此什么也没有炸坏……"

我站在霍霍尔的身后,瞧着那一群人。我听见那个手里拿着斧头的农民胆怯地说:

"他怎么冲着我摇晃劈柴呢……"

已经喝得醉醺醺的退伍兵科斯京喊叫着:

"把他赶走,狂徒!送去法院……"

然而大多数人都不作声,目不转睛地望着罗马斯,心怀疑虑地听着他的讲话:

"要炸掉这座房子,需要很多炸药,大概要一普特吧!得了,你们走吧……"

有一个人问道:

"村长在哪儿?"

"应当找警察来!"

人们慢腾腾地走散了,他们不愿意离去,仿佛有什么遗憾似的。

我们坐下来喝茶,阿克西尼娅从来没有这样亲切和善意过,她给大家倒茶,时不时同情地瞧着罗马斯,说道:

"您不去告他们,因此他们才这样胡闹呢。"

"您对这件事不生气吗?"我问。

"我没有工夫对每一件蠢事都生气。"

我思索起来："倘若所有的人都这样镇静地干自己的工作，那该多好啊！"

他说他很快要到喀山去，问我要带些什么书回来。

有时候，我觉得他的心里似乎有一部钟表那样的机械，上一次弦就能走一辈子。我热爱霍霍尔，非常尊敬他。但是，我倒很愿意他能够有一天对我或者对别的什么人大发脾气，跺着脚大声嚷嚷。但是他不能，或者不愿意生气。当人们用愚蠢或者卑鄙的行为激怒他的时候，他只是眯缝起一双灰色的眼睛露出嘲笑的眼神，淡漠而又简短地说上几句，话语非常普通，不痛不痒。

就像他问苏斯洛夫那样：

"您是位老人了，为什么还要昧着良心呢，您说呢？"

老头儿那发黄的面颊和前额慢慢变成了绛紫色，他那白胡须的须根仿佛也变成了粉红色。

"要知道，您这样做对您没有好处，而且您还会丧失威信。"

苏斯洛夫垂下了头，同意地说道：

"您说得对，没有好处！"

后来他对伊佐特说：

"他是个指点心灵的好领导！挑选这样的人做长官该有多好……"

罗马斯简洁明了地教导我，他不在的时候我应该做些什么，怎样去做。我觉得，他已经忘掉了人家用爆炸恐吓他的尝试，好像人们忘记曾经被苍蝇爬过那样。

潘科夫来了，他细心察看炉子，皱着眉头问道：

"你们受惊了吧？"

"嗨，有什么好受惊的？"

"这是两种力量的斗争啊!"

"坐下来喝茶吧。"

"老婆等着呢。"

"你去哪儿来着?"

"我去钓鱼了,跟伊佐特一块儿去的。"

他离开我们身边,又一次在厨房里若有所思地重复道:

"这是两种力量的斗争。"

他跟霍霍尔谈话总是很简短,仿佛他们早已把所有重要而又复杂的事情都商谈过了似的。我记得,当大家听完罗马斯讲的伊凡雷帝统治时期的故事之后,伊佐特说道:

"他是个毫无风趣的沙皇!"

"是个凶残的人。"库库什金补充道。潘科夫发表自己的坚定看法:

"看不出这个人有特别的智慧。他把公爵一个个杀掉了,在他们的位置上产生了许多小贵族地主①。他还请来了相当数量的外国人。他在这个问题上缺乏理智。小地主比大地主更坏。苍蝇不是狼,用枪打不死它,可是它比狼更讨厌。"

库库什金提着一桶和好了的泥来了,他一面把砖头砌到炉子里,一面说道:

"这些魔鬼们竟想出这种主意!他们没法儿把自己身上的虱子消灭掉,却要消灭人——请看吧!安东内奇,你不要一下子运很多货物

---

① 伊凡四世(1547—1584年在位)为巩固专制政权,进行了限制世袭公爵贵族的政治作用,转而提拔重用官职贵族的行政改革,并对前者进行残酷镇压。

回来，最好每次少运一些，多运几次。否则，说不定他们还会来火烧你。现在你要干那件事，会遭殃的！"

"那件事"就是组织果园主合作社，村子里的财主们对此很不喜欢。霍霍尔在潘科夫、苏斯洛夫和两三个明智的农民的帮助下，差不多已经把那件事办成功了。大多数的户主们开始对罗马斯产生了好感。小店铺的顾客数量明显增多了。甚至像巴里诺夫和米贡这些"毫无用处的"农民，也千方百计而又尽心尽力地为霍霍尔的事业帮忙。

我很喜欢米贡，我爱听他那优美动人的哀歌。他唱歌时，总是闭上眼睛，他那张愁苦的脸不再抽搐了。他喜欢在没有月亮，或者在天空被密集的云层遮盖的黑夜里活动。傍晚，他常常轻声召唤我：

"到伏尔加河上来吧！"

在那里，他骑在自己的独木船的船尾上，把两只黧黑的弯腿插进黑乎乎的河水中，动手修理禁止使用的捕捉小鲟鱼的渔具，他低声地说道：

"地主老爷嘲弄我，也就算了，我能够忍受。活见鬼，他是个人物，他的见识比我多，可是，自己人和农民也来压迫我，我怎么能够接受呢？我们之间的差别在哪儿呢？他们以卢布计算，而我以戈比计算，不过如此而已！"

米贡的脸痛苦地抽搐着，眉毛也在跳动，手指迅速地颤动着检查渔具，用锉刀把渔具上的一个个钩子磨亮，轻声地说着心里话："人家认为我是小偷，没有错，我有罪！要知道，人们都是靠掠夺过日子的，大家彼此吮吸，相互啃咬。是的，上帝不喜欢我们这种人，而魔鬼却宠爱我们！"

黑色的河水从我们身旁缓缓流过，朵朵乌云在伏尔加河上空移动,黑暗中已经看不到河岸的草地了。水波轻轻地拍击着河畔的沙滩,冲洗我的双脚,仿佛要把我带到那一望无际、不停游动着的黑魆魆之地。

"人总该活吗?"米贡叹着气,问道。

山上,狗在凄厉地吠叫。我犹如在梦中那样心想:

"可是为什么要像你这样活着呢?"

河上非常寂静,非常黑暗,令人惶恐。暖暖的夜色没有尽头。

"他们要杀死霍霍尔。说不定,也要杀死你。"米贡喃喃地说道。后来他突然间轻声地唱起歌来:

> 亲爱的妈妈多么爱我呀,
> 她曾对我这样说:
> 哎,我的心肝!你呀,雅沙,
> 你要安安逸逸地活着……

他闭着眼睛,他的歌声更加有力,更加凄凉,他的手指检查着渔具的绳索,动作却越发缓慢。

> 可是,我没有听从亲人的话,
> 唉,我没有听从妈妈的话……

我产生了一种奇怪的感觉,仿佛大地被黑色的巨流涤荡冲走,大地翻倒进黑色的河水里,我也滑进水里,从地上滑进了那个沉没太阳的黑暗之中——永远。

米贡像开始唱歌时那样，突然终止了歌唱。他默默地把独木船推进水里，坐到船上。几乎是无声无息地消失在黑暗之中。我目送着他，想道：

"这样的人活着是为了什么呢？"

巴里诺夫和我也很友好，他是个没有条理的人，爱吹牛，懒惰，好搬弄是非，还是个待不住的流浪汉。他曾经在莫斯科住过，一谈到莫斯科，他就憎恶地吐唾沫：

"那是个地狱般的城市，乱七八糟的，教堂有一万四千零六个，可是人们一个个都是骗子！所有的人都生疥疮，像癞皮马似的，真的！商人、军人和市民，所有的人都是边走边搔痒痒。真的，那里有一尊大炮王，炮筒粗极了！彼得大帝亲自铸造了那尊大炮，用来射击暴动的人的。有个娘儿们，是个贵族。因为他的负心，她发起了反对他的暴动。彼得大帝每天跟她在一起，同居了整整七个年头，后来他把她连同三个孩子，全都抛弃了。那个女人愤怒起来，就暴动了！是这样，我的好兄弟呀，他用那门炮向暴动的人轰了一炮，九千三百零八个人都被他打死了！连他自己也吓得魂不附体。他对大主教菲拉列特说：'这可不行，应该把这个混账的炮口堵住，免得再逗引人去放它！'炮口就给堵住了……"

我对他说，这一切都是无稽之谈，他生气了：

"我的上帝呀！你的脾气是多么坏哟！这个故事是一个有学问的人详详细细地讲给我听的，可是你却……"

他常上基辅"拜访圣徒"，他叙述道：

"那个城市像我们的村子似的，也在山上，也有一条河，可是我忘记了那条河叫什么了。跟伏尔加河相比，那简直是条小溪水！直率地说，那个城市乱糟糟的。所有的街道都是弯弯曲曲的，爬到山上去。那里的居民是乌克兰人，但不是米哈伊洛·安东诺夫那样的血统，而是半波兰半鞑靼的血统。那儿的人爱胡说八道，不说正经话，不梳头，脏得很。他们吃蛤蟆，那里的蛤蟆一个就有十俄磅重。他们把牛当作交通工具来骑，连耕地也使用牛。他们的牛真好，最小的也比我们的牛大三倍，有八十三普特重。那里有五万七千个修士，二百七十三个高级僧侣……嗯，你这个怪人！你怎么能跟我争论呢？这一切都是我亲眼看到的，你在那里待过吗？没有待过。这就是啰！老弟，准确，是我最最喜欢的……"

他喜爱数字，跟我学会了加法和乘法，但是他非常不喜欢除法。他万分兴奋地算着多位数的乘法，他对算错不在意，因此错误百出。他用棍子在沙地上写了长长一行数字，睁大孩子般的眼睛，惊讶地瞧着这些数字，激动地叫道：

"任何一个人也念不出这个玩意儿来！"

他是一个身材很不匀称的人，头发蓬乱，衣衫褴褛，可是，他的脸倒是漂亮的。他蓄着卷曲的、看上去令人愉快的胡子，蔚蓝色的眼睛里常常含着孩子般的微笑。他和库库什金身上有某种共同的东西，大概因为这一点，他们互相回避着。

巴里诺夫曾经两次到里海去捕鱼，他不时提起：

"我的小兄弟，大海跟任何东西都不一样。你在大海面前简直就像一只蚋[①]那么大！你望着大海，就忘了你自己啦！海上的生活是甜蜜的。什么样的人都往那儿跑，甚至一个修士大司祭也去了。那个

[①] 蚋：昆虫，体长2到5毫米。

人还可以,能干活儿!还有一个厨娘,她曾经是一个检察官的情妇,嗨,还需要什么呢?但是她想到海,就忍不住了,说道:'检察官,对我来说,你是很可爱的,不过咱们还是分手吧!'因为谁只要见过一次大海,大海就会把他再次吸引回去。海上和天上一样辽阔自由,没有任何的拥挤!我也要到那里去,永远待着。我不喜欢跟人打交道,就是这样!我最好到荒凉的地方隐居起来,可是,我不知道哪儿有像样的僻静地方好去……"

他像一条无家可归的狗那样在村子里游荡,人们都鄙视他,可是听他讲故事,就像听米贡唱歌一样,大家都很高兴。

"胡编得真巧妙!怪有趣的!"

他的幻想,有时候甚至把潘科夫那样讲实际的人的理智也给搅扰了。有一次,不轻易相信人的农民潘科夫对霍霍尔说:

"巴里诺夫证明:有关伊凡雷帝的事情并没有完全写进书里,有许多事被隐瞒了。伊凡雷帝似乎是一个会变化的人,他常常变成一只鹰。从他的时代开始,在钱币上模压了鹰,这是人们对他的纪念。"

我已记不清有多少次觉察到,不寻常的纯属虚构的故事,有时候虽然胡编得并不高明,但比起那些生活真理的严肃故事来,更能博得人们的喜欢。

然而,当我把这个想法对霍霍尔讲时,他微笑地说道:

"这种情况会消失的!只要人们学会了思考,到头来他们会想到真理的。像巴里诺夫和库库什金这些怪人,您应该理解他们。要知道,他们是艺术家、作家。大概基督曾经也是这样的怪人。您会同意我的说法的,有些东西他臆造得不坏呢……"

使我惊奇的是,所有这些人都很少谈论上帝,并且也不乐意谈他。只有苏斯洛夫老头儿常常信服地指出：

"万物都是上帝创造的！"

可是我从这句话里听到了某种无望的声音。我跟这些人在一起生活过得很好，在一个个夜晚的交谈中，我从他们身上学到了许多东西。我觉得，罗马斯提出的每一个问题，犹如一棵大树似的，把自己的根深深扎进了生活的土壤里面；在那儿，在那生活土壤的深处，这些根与另一棵也是这样古老大树的根纠结在一起，于是这些大树的每一条树枝上都开出了鲜艳的思想之花，茂盛地长出了强有力的言语之叶。我感觉到自己在成长，从书籍中饱吸了令人振奋的蜜汁，说起话来更有信心了。霍霍尔一再微笑着夸奖我道：

"马克西美奇，您做得很好啊！"

我是多么感谢他的这句话呀！

潘科夫有时候把他的妻子带来，她是个小巧的女人，有一张温顺的脸庞和一双聪明的蓝眼睛，穿着打扮像城里人。她悄悄地坐在屋子的角落里，谦逊地抿着双唇，但是隔一会儿她会惊奇地张开嘴，眼睛也胆怯地睁大。有时候，她听到一句中肯的话，就用双手捂住脸，含着羞地笑起来，潘科夫向罗马斯递个眼色道：

"她听懂了！"

常有一些小心谨慎的人来找霍霍尔，他同他们一块儿到我住的阁楼上，在那里坐上好几个钟头。

阿克西尼娅到那里给他们送吃的送喝的，他们就在阁楼上睡觉。除了我和那个对罗马斯又忠诚又崇拜的厨娘之外，任何人也见不到他们。每次都是在夜里，由伊佐特和潘科夫用小船把那些客人送到路过的轮船上，或者送到洛贝什基的码头上。我从山上望着一叶小舟，有时在黑沉沉的河面上，有时则在月亮照得银光闪闪的河面上时隐时现，小船上的灯火在飞翔，点灯是为了引起轮船上船长的注意。我望着望着，觉得自己也是这个伟大秘密事业的参加者。

玛丽亚·杰连科娃常从城里到这儿来，但是我在她的目光中已经找不到那种使我发窘的神情了。我发觉，她已意识到自己是个漂亮的姑娘，由于受到一个身材魁梧的大胡子男人的追求，她那双眼睛满是幸福快乐的神采。罗马斯跟她谈话，如同跟所有其他人谈话一样，语气平静而带点儿嘲笑味，不过胡子捋得更勤些，还有他的目光闪耀得更温存些。她那细柔的嗓音听起来洋溢着愉快的情绪，她穿着一件蔚蓝色的连衣裙，浅色头发上系着蔚蓝色的饰带。她那孩童般的双手总是不安定，好像一直在寻找着什么可以抓的东西。她不张嘴地几乎不停地哼着什么歌曲，拿手绢扇着自己粉红色的、陶醉的脸。在她身上有某种新的、使我反感和气恼的东西。我尽可能地少与她见面。

七月，伊佐特失踪了。人们说他落水淹死了。两天之后，得到了这样的证据：在离村子七俄里的下游，人们发现他的小船被冲到了河岸的草地上，船底被凿破，船舷被撞碎了。人们解释引起这个不幸事件的原因：大概伊佐特在河上睡着了，他的小船被冲到了离村子五俄里的下游，撞在了抛着锚的三条驳船的船头上。

当这一不幸事件发生的时候，罗马斯正在喀山。晚上，库库什金到店铺里来找我，闷闷不乐地坐到了货袋上。他瞧着自己的脚，沉默了片刻，吸起烟，问道：

"霍霍尔打算什么时候回来？"

"我不知道。"

他开始用手掌使劲地擦拭他那被打伤的脸，小声地骂娘，仿佛喉咙里卡上了骨头似的在吼叫。

"你怎么啦？"

他咬着嘴唇，朝我瞧了一眼。他的眼睛红了起来，上下颌颤抖着。看来，他已经不能说话了，我焦心地等待着一件悲惨的事。终于，他朝街道望了望，结结巴巴地，好不容易地说了出来：

"我和米贡去过了，察看了伊佐特的小船。船底是用斧头砍穿的，你明白吗？这就是说，伊卓多什卡①是被人杀害的！准是……"

他摇着头，一句接一句地骂娘，感情深厚，声音沙哑地哽咽着。后来，他沉默了一会儿，开始画十字。看着这个农民想大哭一场，但是又不能也不会哭，全身颤抖着，又愤恨又悲伤地喘着气的样子，真令人十分难堪。他跳起身来，摇着头离去了。

第二天晚上，一些孩子们去河里洗澡，看到在离村子不远的上游的岸上有一条搁浅的破驳船，伊佐特就躺在这条破驳船的下面。驳船底的一半搁在岸边的石头上，另一半浮在水里，伊佐特被绊在折断了的船舱的凹处，脸朝下，长长的尸体平平地躺在浮在水面的这一半驳船的船尾旁，他的脑壳被打碎了，已变得空空的，因为河水冲走了脑浆。这个渔夫是被人从后面袭击的，他的后脑勺被人用斧头齐齐地砍平了。流水摆动着伊佐特，把他的两条腿向岸上冲去，使他的双臂也动了起来，看上去好像他正在使劲，想往岸上爬似的。

二十来个富农站在河岸上，阴沉着脸凝视着。贫农们还没有从田里回来。贼头贼脑的、胆小怕事的村长挥动着手杖在东奔西颠，鼻子大声地吸着鼻涕，用粉红色衬衫的袖子擦着鼻子。敦实的小店铺老板

---

① 伊卓多什卡是伊佐特的爱称。

库兹明宽宽地叉开两腿，挺着肚子站在那里，交替地望着我和库库什金。他严厉地皱着眉头，但是他那忧郁的眼睛里满含着泪水，我觉得他的麻脸也显得十分可怜。

"哎哟，真是胡作非为啊！"村长数落着，跺着两条罗圈腿，"啊呀，这些农民，这样干太坏啦！"

一个身材高大的年轻女子——村长的儿媳妇——坐在石头上，目光呆滞地望着河水，用颤抖的手画着十字。她的嘴唇翕动着，她那红色的厚厚的下唇，不知怎的真像狗的嘴唇那样难看地耷拉着，露出一副黄色的绵羊般的牙齿。姑娘们和男孩们像一团团彩球似的从山上滚下来，满身尘土的农民们也急急忙忙地走来了。人们谨慎而小声地说着话：

"这个农民是个刺儿头。"

"这是什么意思？"

"瞧，那儿的库库什金是个刺儿头……"

"无缘无故地就把人害死啦……"

"伊佐特生前是很温顺的……"

"温顺吗？"库库什金吼叫起来，向农民们扑过去，"那么你们为什么要把他砍死，说呀？你们这伙坏蛋！说呀？"

突然，有一个女人歇斯底里地大笑起来。这个疯狂喊叫的女人的笑声，犹如鞭子似的抽打在人们身上，农民们喊叫起来，互相推搡着、咒骂着、吼叫着。库库什金跳到小店铺老板跟前，抡起手掌在他的麻脸上打了一记耳光：

"赏你，畜生！"

立刻，他挥舞着两只拳头从打群架的人们中间跳了出来，几乎是高兴地对我喊道：

"快离开吧，他们要打架了！"

他已经挨揍了，他吐着血，嘴唇被打破了，脸上却呈现出扬扬得意的神情……

"你看到了吧，我是怎样痛击库兹明的？"

巴里诺夫跑到我们跟前来，他胆小地回头望着驳船旁边的人群，人们挤成密集的一堆，从人群中传来村长尖细的声音：

"不，你得说出个道理，我纵容谁了？你得证实呀！"

"我该离开这儿了。"巴里诺夫嘟哝着走上山去。傍晚，天气很炎热，令人难受的闷热使人透不过气来。紫红色的太阳沉进密密的、有些发青的浓云里，灌木林的树叶上闪耀着红色的反光，某处传来低沉的雷声。

我面前，伊佐特的身体在微微地摆动，被打破的脑壳上的头发被流水冲得笔直，仿佛悚然竖立起来了。我想起了他那低沉的嗓音和美好的话语：

"每个人身上都有着孩子般的天真，我们的目光应当盯住孩子般的天真！就拿霍霍尔来说吧，看上去他好像是个铁人，可是他的心灵却跟孩子一样天真！"

库库什金和我并肩走着，愤怒地说："瞧，他们竟这样对付咱们所有的人……上帝啊，多么愚蠢呀！"

过了两天，深夜里霍霍尔回来了。看来，他对某件事感到非常满意，对人不同寻常地亲切。我把他让进屋，他拍着我的肩膀说道：

"马克西美奇，您睡觉太少啦！"

"伊佐特被害死了。"

"什——什么?"

他咬紧牙关,颧骨鼓了起来。胡须也在颤抖,仿佛一股激流涌向胸口。他没有摘下帽子,站在房间的中央,眯缝起眼睛,摇着头。

"这么说,还不清楚是谁下的手吗?嗯,那不……"

他慢慢走到窗前,在那里坐下来,伸直双腿。

"我对他说过的……官方来人了吗?"

"昨天,区警察局局长来过了。"

"嗯,有什么说法呢?"他问道,接着他自己回答,"当然,不会有什么的!"

我告诉他,这个区警察局局长与往常一样,在库兹明那里歇脚,下令把库库什金关进看守所,惩罚他打了小店主的耳光。

"是这样,嗯,有什么好说的呢?"

我到厨房里去烧茶炊。

喝茶的时候,罗马斯说:

"那些人真可怜,他们往往把自己最好的人杀死!可以这样认为,他们害怕好人。像这里常说的那样,好人跟他们'不合脾气'。想当年,在我被押解到西伯利亚的途中,一个服苦役的犯人讲给我听:他做过贼,他有一伙人,一共五个弟兄。其中有一个人说:'兄弟们,咱们不要再干偷窃的事啦,反正没有什么好处,咱们的日子过得很糟啊!'就为了这一点,他们趁他喝醉了酒睡觉的时候,把他给掐死了。讲述人在我面前非常称赞这个被害者,他说:'后来,我结果了三个人的性命,我一点儿也不怜惜,可是对这个伙伴至今我还很怜惜。他是个好伙伴,他很有头脑,生性快乐,心灵纯洁。'我问他:'那么,你们为什么杀死他呢?害怕他出卖你们吗?'他甚至生气地说：'不，不论用多少金钱也收买不了他，他决不会出卖伙伴的！因为不知怎的跟他在一起不融洽了，我们都有罪，而他好像是个正人君子似的，这可不好。'"

霍霍尔站起身，开始在房间里踱来踱去，把双手放在背后，用牙齿咬着烟斗，一身白色衣服，穿一件垂到脚跟的鞑靼式长衫，两只光脚迈着沉重的步子，踏得地板嗒嗒响。他若有所思地轻声说道：

"我多次碰到害怕正直的人和杀害好人的事件。对这些正直的人有两种态度：或者是先狠心陷害他们，然后千方百计消灭他们；或者像狗似的仰望他们，对他们崇拜得五体投地。后一种情况是比较少见的。说到向正直的人和好人学习怎样生活，效仿他们的言行，这是不可能的。也许人们不愿意这样做呢？"

他拿起一杯凉了的茶水，说道：

"人们可能是不愿意呀！您想想看，人们千辛万苦为自己安顿好了某种生活，并且已经习惯了这种生活，可是一个人起来造反说：你们不要这样生活！不要这样生活？然而我们已经把自己最大的精力都倾注进这种生活里面了。去你的吧！于是，有人朝着他——这个正直的教师'啪'的一声打了一记耳光。你别来搅扰我们吧！然而有生命力的真理仍然在那些说出'不要这样生活'的人那一边，真理在他们手里。正是他们把生活推向更美好的方面。"

他向书架摆了摆手，补充道：

"特别是这些书！唉，如果我能写书该有多好啊！但我不是写书的料子呀，我的思想不敏捷，缺乏条理。"

他坐到桌前，手肘支撑在桌子上，双手紧紧抱着头，说道：

"我多么可怜伊佐特啊……"

于是，他沉默了好久。

"嗯，咱们去睡觉吧……"

我离开房间到我的阁楼去，坐在窗前。田野上方突然一道闪电，照亮了半边天；刺人眼目的闪光射向天空四面八方时，月亮仿佛惊恐地颤抖着。狗在悲戚地吠叫哀号，要是没有那些号叫声，我可能想象自己是住在荒无人烟的孤岛上。远处的雷声隆隆作响，一股使人难受的闷热气浪滚进窗户里来。

我前面的河岸上，那片柳丛下躺着伊佐特的尸体。他那发青的脸朝着天，呆滞无神的眼睛严厉地张望着。他那金黄色的胡须黏成了尖状的一团，胡子里藏着一张惊讶得张开的嘴巴。

"马克西美奇，最重要的是善良亲切！我喜欢复活节，因为这是一个最亲切的节日！"

被炎热的太阳晒干了的蓝裤子，紧贴在伊佐特那被伏尔加河水冲洗得干干净净的发青的腿上。一群苍蝇在那个渔夫的脸上嗡嗡叫，他的尸体散发出一股股令人晕眩作呕的气味。

楼梯上响起沉重的脚步声，罗马斯一拱身走进门，他手捏胡须，坐在我的单人床上。

"您知道吗，我要结婚了！是的。"

"女人来这里住，会有困难的……"

他凝视着我，仿佛等待我说些什么，可是我找不到可说的话。闪电的反光射进房间，幽灵般的光亮掠过室内。

"我要娶玛莎[①]·杰连科娃……"

[①] 玛莎是玛丽亚的爱称。

我不由自主地笑了笑：因为在这之前，我从未想到过可以称呼那个姑娘为玛莎。真有趣！我记不得是她的父亲或是哥哥、弟弟曾经叫过她玛莎。

"您笑什么？"

"没有什么。"

"您认为，对她来说我太老了吧？"

"噢，不是！"

"她对我说过，您曾经爱上过她。"

"好像是的。"

"那现在呢？都过去了？"

"我想是的。"

他把胡须从手指中松开来，轻声说：

"像你们这样年岁的人，经常觉得'好像'，可是到我这样的年纪，这已经不是'好像'了，而简直是充满了我的整个身心，再也不能想其他什么了，也无力去想了！"

于是，他笑了笑，露出一排结实的牙齿，继续说道：

"安东尼①在亚克兴海战时，败于恺撒·屋大维，只是因为克利奥帕特拉吓得屁滚尿流；逃出战斗时，他抛掉了自己的舰队并放弃了指挥，乘着自己的军舰，也跟在克利奥帕特拉后面逃跑。瞧，常有这种事的！"

---

① 马可·安东尼（约公元前83—前30），古罗马统帅，恺撒被刺杀后的三头政治中的一员，后来依靠埃及女王克利奥帕特拉的支持与屋大维·奥古斯都争夺政权。在公元前31年的亚克兴海战中失败，次年自杀。

罗马斯站起来,挺直身子,好像违背自己的意愿似的重复道:

"事情就是这样,我要结婚了!"

"很快吗?"

"秋天。等收完了苹果。"

他离开出口时,把头垂得比需要的还要低。我躺下来睡觉,思忖着:看来,我最好在秋天离开这里。他为什么要讲安东尼呢?这一点我很不喜欢。

已经到了摘早熟品种苹果的时候了。今年苹果大丰收,苹果树的枝丫被沉甸甸的果实压得垂到了地面。浓郁的香味充满了果园,孩子们在那里吵吵嚷嚷,捡着被虫蛀掉落的和被风刮落的苹果,落地的苹果有的黄灿灿,有的红艳艳。

八月初,罗马斯从喀山回来,运回一船活物和堆满甲板的筐子。那是一个平常的早晨,八点钟时,霍霍尔刚刚洗完澡,换好衣服,准备喝茶时他高兴地说道:

"夜里在河上航行可真好呀……"

突然,他仰起鼻子嗅了嗅,担心地问道:

"好像有焦煳味?"

就在此刻,从院子里传来了阿克西尼娅的哭叫声:

"着火了!"

我们奔到院子里——棚屋靠菜园子的那道墙着火了,棚屋里我们存放有煤油、焦油和食油。我们惊慌失措地望了几秒钟,看见在强烈的阳光下淡黄色的火舌凶狂地舔着墙壁,蹿到房顶上了。阿克西尼娅提来一桶水,霍霍尔把水泼到熊熊燃烧着的墙壁上,扔下桶,说道:

"见鬼!马克西美奇,您去把油桶滚出来!阿克西尼娅到店铺里去吧!"

我迅速地把装着焦油的大圆桶滚过院子,滚到了街上,接着回来推煤油桶,我转动它时,发现桶塞子是打开的,煤油流到了地上。我急忙寻找塞子,火却不等人,窜动的火舌已经烧穿了棚屋的木板过道,窜进棚屋里面来了。屋顶发出噼噼啪啪的爆裂声,好像在嘲弄人似的歌唱。我把这个流油的油桶滚了出去,看到又哭又叫的女人和孩子从街上各个地方奔跑过来。霍霍尔和阿克西尼娅从店铺里把货物搬出来推下山沟去。一个白头发黑面孔的老太婆站在街道中间,用拳头威胁着,尖声喊叫:

"啊——啊——啊!你们这伙魔鬼呀!……"

我又跑进棚屋里,看见棚屋已被浓烟所吞噬,烟雾中传来低沉的噼噼啪啪的响声,从屋顶上垂下几条弯弯曲曲的红色火带,墙壁已经变成了烧红的栅栏。浓烟呛得我喘不过气来,使我什么也看不见。我勉强把一个油桶滚到门口,可是油桶在门口被卡住,再也推不动了,火星从屋顶上往我身上洒落,烫伤了我的皮肤。我呼叫求援,霍霍尔跑过来,抓住我的一只手臂,把我推进了院子。

"快跑开!马上要爆炸了……"

他冲进过道屋,我跟在他后面,奔上阁楼,那里有我的许多书。我把书从窗口扔出后,想紧接着把装帽子的木箱也扔出去,但是窗口太窄了,于是我用半普特重的秤砣砸窗框。突然,低沉的轰隆一声,房顶强烈震动了一下,我明白这是煤油桶爆炸了。我头上的房顶也燃烧起来,噼噼啪啪作响,棕红色的火流钻过窗户冲进屋里来了,我热得无法忍受。我奔向楼梯,浓烟滚滚向我扑来,一条条深红色的火蛇沿着扶梯的梯级往上爬,下面的过道屋里发出的声音,像铁牙齿在啃木头似的。我不知所措了。烟熏得我成了瞎子似的什么也看不见,熏得我快要憋死了。我一动不动地站了几秒钟,这瞬息的时间仿佛无穷无尽似的长久。这时,一张红胡须的黄色面孔向楼梯上方的天窗望了望,那张面孔抽搐着转动了一下,接着就消失了,一根根血红色的火苗立刻烧穿了屋顶。

我记得,当时我只感觉到我的头发在噼噼啪啪作响,除此之外,我再也听不到任何别的声音,我十分清楚自己要完蛋了,两条腿变得非常沉重,虽然我用双手捂住了眼睛,而眼睛还是很疼痛。

求生的理智本能提示了我唯一能得救的办法:我把罗马斯的羊皮袄裹在脑袋上,然后抱起我的褥子、枕头和一捆韧皮纤维,从窗户跳下去。

我在山沟边神志清醒过来时,罗马斯蹲在我的面前,喊道:

"怎么样?"

我站起身,愣怔地望着我们的木头房子,房子整个儿烧成了火红的一团。房子前面,火焰宛如一只只红色的狗舌头在舔着焦黑的土地。窗口冒着滚滚黑烟,屋顶上蹿出许多黄色的火苗,火苗摇摆晃动着。

"嗯,怎么样了?"霍霍尔喊着。他那被烟尘脏污了的脸上满是汗水,伤心的眼泪也是脏兮兮的,眼睛惊恐地眨巴着,他那湿漉漉的胡须里缠着一些韧皮纤维。一股令人喜悦的激动渗透了我的身心,那是一种非常强有力的情感!后来我觉得左腿火辣辣的疼痛,我躺下来,对霍霍尔说道:

"我的这条腿脱臼了。"

他摸了摸我的腿,突然使劲一拉,我觉得一阵剧烈的疼痛。

过了几分钟，沉浸在激动中的我跛着脚，把抢救出来的东西搬到我们的澡堂那里去。罗马斯用牙齿咬着烟斗，高兴地说道："油桶轰隆爆炸，熊熊燃烧的煤油喷上屋顶，我以为您会被烧死的。火柱蹿得老高，接着蘑菇云状浓烟直冲天空，整个木房眨眼就埋在火里了。唉，我想，马克西美奇这下没有活路啦！"

这时，他像往常一样平静下来了，把东西放成整整齐齐的一堆，于是对蓬头散发、满身烟尘的阿克西尼娅说：

"您就坐在这里，看守好东西，别让人偷了，我去救火……"

山沟附近的烟雾里，飘飞着白色的纸片。

"唉，"罗马斯说道，"书真可惜啊！都是我心爱的书呀……"

已经有四座木房在燃烧。这天是一个平静无风的日子，火势并不猛，火焰向左右蔓延，敏捷的火苗仿佛不大乐意似的残留在篱笆和房顶上。红彤彤的火苗梳子似的在房顶的干草上梳来梳去，弯弯曲曲的火焰像手指弹古斯里琴一般在篱笆上跳来跳去。烟雾弥漫的空中，迅速传遍了火焰那幸灾乐祸的歌声，火焰的歌声狂热得十分恼人，渐渐烧成灰烬的木头发出了轻微柔和的噼啪声。一只只金色的"火乌鸦"从烟云里飞落到街上，飞落到一家家的院子里。农民们和娘儿们忙乱地东奔西走，根本无济于事，每个人只是担心地看着自己家里的财物，不断地发出哭叫声：

"水——水！"

水离得很远，在山下伏尔加河里。罗马斯抓住他们的肩膀，推搡他们，迅速地把农民们聚集起来，把他们分成两组，接着指挥他们拆除篱笆和正在起火的场所两旁的杂物房。大家顺从地听他的指挥，开始与那场肆意要吞噬整排房子、整条街的大火展开了较有理智的斗争。但是，他们仍然很畏惧，一个个不知怎的表现出绝望的神情，仿佛他们是在给别人干活似的。

我的情绪倒是愉快的，觉得自己从来没有像现在这样有劲。在街道尽头，我看见村长和库兹明带领着一群有钱人，站在那里袖手旁观，挥舞着手臂和手杖又吼又叫。农民们骑着马从田里疾驰回来，臂肘颠得老高，都与耳朵持平了，女人们对着他们哭号，孩子们跑来跑去。

又有一户的杂物房烧起来了，必须尽快把家畜棚的一堵墙拆掉。这堵墙是用很粗的树枝编成的，一条条红彤彤的火焰已经烧着了这堵墙。农民们开始砍这堵篱笆墙的木桩，火星和焦炭屑纷纷撒落到他们身上，他们害怕得跳开了，用手掌拍打着微微烧着了的衬衫。

"别害怕！"霍霍尔喊叫着。

他的喊叫不管用。于是他从一个人头上摘下一顶帽子，把它低低地扣在我的额上，说道：

"您从那一头砍，我从这头砍！"

我砍倒了一两根木桩，墙就动摇起来了，于是我爬上篱笆墙，抓住墙的顶部，霍霍尔抓住我的两条腿往自己的方向一拉，整个篱笆墙倒塌下来，把我压在下面，几乎盖住了我的脑袋。农民们齐心协力把篱笆拖到了街上。

"您烧伤了吗？"罗马斯问道。

他的关心使我增添了力量，动作更机灵了。我十分愿意在我所敬爱的人面前做出显著的成绩。我发狂地干，只求能获得他的称赞。在乌云般的浓烟里，我们那些书的书页鸽子似的还在空中飞扬飘荡。

我们阻止住了火灾往右蔓延，可是左面的火路扩散得更大了，已经烧到第十户人家。罗马斯留下一部分农民监视右面猖獗的红色火蛇,让大部分的人赶快到左面去。我们跑过财主们身边时,我听到有个人在恶狠狠地高声叫喊:

"那是他自己放的火!"

那个小店主说道:

"应该去查看一下他的澡堂!"

那些话令人不愉快地印在我的记忆里。

众所周知,兴奋,尤其是快乐的兴奋,能使人增强力量;我当时很兴奋,忘我地干着,一直干到精疲力竭。我记得,我背靠着一样滚烫的东西坐在地上。罗马斯提起桶往我身上浇水,农民们围着我们心怀敬意地喃喃说道:

"这小伙子的力气真大呀!"

"这个人是压不垮的……"

我把脑袋紧紧地贴在罗马斯的腿上,不知羞地哭了起来,他则抚摸着我湿淋淋的脑袋,说道:

"您好好休息一下吧!"

库库什金和巴里诺夫两人都被烟火熏得面孔乌黑,像魔鬼似的,他们把我带到山沟里,安慰我道:

"老弟,不打紧!都完事了。"

"你受惊了吧?"

我还没有来得及躺下歇息、清醒过来,就看到十来个"财主"走过来,走在他们前面的是村长,村长后面是两个乡村警察挟持着罗马斯的胳膊往山沟里我们的澡堂这边走下来。罗马斯没有戴帽子,湿漉漉的衬衫的一只袖子被扯掉了,他牙齿紧咬着烟斗,严肃地阴沉着脸，神情显得十分可怕。退伍兵科斯京挥动着手杖，疯狂地叫嚷：

"把这个邪教徒扔进火里去！"

"把澡堂门打开……"

"你们砸锁吧，钥匙丢了。"罗马斯高声说道。

我跳起身来，从地上抓起一根粗短的木棍站到他的身边，两个乡警闪开了，村长惊慌地尖声说：

"东正教的人，是不允许砸锁的！"

库兹明指着我叫道：

"瞧，还有这一个……他是个什么样的人？"

"马克西美奇，要冷静。"罗马斯说道，"他们认为我把货物藏在澡堂里面，自己放火把店烧了。"

"是你们两个人烧的！""砸锁吧！"

"东正教的人们啊……""咱们承担责任！"

"咱们负责……"

罗马斯朝我耳语道：

"您跟我背靠背地站着！以防他们从后面袭击……"

他们把澡堂门上的锁砸开了，几个人马上冲进门里去，差不多立刻又从那里钻了出来，我则趁这个时机，把木棍塞到罗马斯的手里，又从地上拾起另一根来。

"什么也没有……"

"什么也没有吗？"

"啊，这伙魔鬼！"

一个人怯生生地说：

"庄稼汉们，毫无根据地……"

几个人用醉汉似的嗓音蛮横地回答：

"什么——没有根据！"

"把他们扔进火里去！"

"这些捣蛋鬼……"

"他们竟异想天开要组织合作社！"

"这些贼！他们这一伙都是贼！"

"住口！"罗马斯高声叫道，"哼，你们看见了吧，我的澡堂里没有藏着什么货物，你们还要干什么？所有的东西全烧光了，剩下的都在这里，你们看见了吗？我放火烧自己的财产有什么好处呢？"

"上了保险啦！"

于是十来条喉咙又发狂地喊叫起来：

"干什么还瞧着他们？"

"够了！我们忍受够了……"

我的两腿颤抖着，眼里一阵发黑。透过微红的烟雾，我看见一张张疯狂的嘴脸，那些嘴脸上长满胡子的嘴也一个个张得大大的，我勉强才忍住了要狠揍那伙人的念头。他们在我们周围又跳又叫：

"啊——哈，拿着木棍呢。"

"带着木棍啊！"

"他们要扯掉我的胡子啦，"霍霍尔说，可是我觉得他在笑，"马克西美奇，您也会挨揍的，咳！不过要冷静——冷静啊……"

"你们瞧，年轻的那个还带有斧头呢！"

我的裤腰带上真的插着一把做木工活的斧头，我把它给忘了。

"他们好像胆怯了，"罗马斯猜测道，"不过如果出现什么情况的话，您可不要使用斧头……"

一个我不认识的瘸腿的矮小农民，可笑地又蹦又跳，疯狂地尖声喊叫：

"用砖头从远处砸他们！我来带头干！"

他真的抓起一块碎砖，抡起来向我的肚子掷过来，没等我回击他，库库什金从高处猛地扑倒他，于是他俩扭打着滚到山沟里去了。跟在库库什金后面跑来了潘科夫、巴里诺夫、铁匠，还有另外十来个人。库兹明马上颇有分量地说道：

"米哈伊洛·安东诺夫，你是个聪明人，你很清楚：火灾把庄稼人都吓疯了……"

"马克西美奇，咱们到河岸上的小馆子去。"罗马斯说着，把烟斗从嘴里抽出来，塞进裤兜里，他的动作很凶猛。罗马斯拄着棍子，十分疲劳地从山沟爬上来。库兹明走到他旁边时，说了些什么话，罗马斯没有望他一眼说道：

"滚开吧，傻瓜！"

在我们木头房子的地基上，还有一堆橘黄色的炭火在微微燃烧，房中间是一个炉子，从没被烧毁的烟囱里向空中升起一缕炽热的青烟。烧红的铁床架子像蜘蛛腿似的伸展着，烧焦了的大门的门柱，仿佛是站在篝火旁边的黑衣守卫者，一根门柱戴着一顶红色的炭帽，柱子上的火苗活像公鸡身上的翎毛。

"书烧掉了，"霍霍尔叹了口气说道，"这太令人懊丧啦！"

小孩子们用棍棒把一块块烧焦的大木头像拖赶一只只小猪似的拨到街上的泥浆里，那些燃烧着的焦木头发出嗞嗞的声音，立即熄灭了，使空气中充满了呛人的白烟。一个浅色头发、天蓝色眼睛、五岁左右的小孩蹲坐在暖暖的黑水洼里，用木棒敲着一只压坏了的铁桶，聚精会神地欣赏着敲击铁桶的声音。遭受火灾损失的人们阴沉着脸走来走去，把幸存下来的家常用具和什物搬拢到一起。女人们又哭又骂，为了几块烧焦的木头吵架。火灾场地后面果园里的苹果树岿然不动，只是不少叶子被烤焦了，累累的红苹果更加显眼了。

我们下到河里，洗过澡，然后到河岸上的小饭馆里默默地喝茶。

"土豪们在苹果这件事上是输了！"罗马斯说。

潘科夫来了，他沉思着，比平常更为温和。

"老弟，怎么办？"霍霍尔问道。

潘科夫耸了耸肩膀说：

"我这所房子是保过险的。"

大家都沉默了，真奇怪，我们仿佛是不相识的人，用探究的目光彼此打量着。

"米哈伊尔·安东内奇，现在你打算怎么办呢？"

"我要考虑考虑。"

"你应该离开这儿。"

"我看一看再说。"

"我有个打算，"潘科夫说道，"我们到外面去谈谈吧。"

他们出去了。潘科夫走到门口时，回过头来对我说道：

"你倒是很有胆量！你可以在这里待下去。他们会怕你的……"

我也走出来，到了河岸上，躺在灌木林的下面，眼望着伏尔加河。

虽然太阳已经西斜，但还是很炎热。我在这个村子里所经历的一切，仿佛是用多种色彩画成的巨幅画卷，长得就跟这条河一样。此时此刻一幅幅展现在我面前。我感到无限惆怅。然而疲劳很快控制了我，于是我睡着了，睡得很沉。

"嗨，"我似梦非梦地听到有人叫喊，觉得有人在摇撼我，并用力把我拖到什么地方去，"你死了，是不是？快醒醒吧！"

河对岸的草地上空，深红色的月亮大得像车轮似的照耀着。巴里诺夫俯身在我的上方，摇撼着我。

"走吧，霍霍尔在找你，他很不放心啊！"

他在我的后面走着，埋怨道：

"你不能随便在什么地方就睡觉！有人在山上走过，绊一下脚，踩下一块石头来就会砸着你，说不定有人故意向你投下一块石头呢。我们这里的人可不是闹着玩儿的，我的小兄弟，他们可记仇呢，除了仇恨，他们再没有什么事情要记住的了。"

河岸上的灌木林里，有个人在悄悄地忙活计，树枝微微摆动。

"找着了吧？"米贡那响亮的声音问道。

"带来了。"巴里诺夫回答。

走过十来步远，他叹了口气说道：

"他要去偷鱼了。米贡的生活也是够困难的。"

"您怎么还在散步？您想让人家来揍您吗？"

只剩下我们两个人的时候，他皱着眉轻声说道：

"潘科夫建议让您留在他那里。他想开一爿小店。我不这么劝您。事情是这样的：我已把剩下的全部货物全都卖给了他，我要到维亚特卡去，过一段时间我会写信邀请您到我那里去的。行吗？"

"我得考虑一下。"

"那您考虑考虑吧。"

他在地板上躺了下来，折腾了一会儿就不作声了。我坐在窗口，望着伏尔加河。反射的月光使我想起了火灾时的火焰。一艘拖轮在长着草的河岸下行驶，它的轮叶沉重地拍打着河水，发出噗噗的响声，三盏桅灯在黑暗中游动，桅灯时而擦着星星游过，时而挡住了星星。

"您生这些农民的气吧？"罗马斯半睡不醒地问道，"不必要。他们只是愚蠢罢了。愤恨，这也是愚蠢。"

他的话未能安慰我，也未能缓和我那尖锐剧烈的恼怒。在我面前，我又看到了那些长满胡子的野兽似的大嘴喊出凶恶的尖叫声："用砖头从远处砸！"

在那个时期，我还不善于忘却我所不需要的东西。是的，我看到那些人中每一个人的身上并没有多少憎恨，往往完全没有。其实，那是一些善良的未开化的人——你不难使他们中的任何一个人像孩子那样天真地笑起来，他们中的任何一个人都会以孩子般的信任听你讲寻找理智和幸福的故事，讲那些舍己为人的献身故事。那些人有着奇特的心，凡是能唤起人们按个人意愿过轻松生活的一切希望，他们都感到亲切和可贵。

可是在村会上，或者在河岸上的小饭馆里，那些人聚集在一起成为灰色的一堆时，他们把自己一切好的品质都不知藏到哪里去了；他们像神父那样穿上了虚假和伪善的长袍，在强者面前，他们像狗似的阿谀奉承，这时看着他们就令人厌恶。有时候，他们却突然全身满是狼那样的凶狠，毛发竖立，龇牙咧嘴，粗野地互相吼叫，为了一点鸡毛蒜皮的小事就动手打架，有时还打得不可开交。在那样的时刻，他们凶狂得可怕，甚至能捣毁教堂，尽管昨天晚上他们还像绵羊进羊圈那样温顺地到教堂里去。他们中间有诗人和讲故事人，可是谁都不喜欢他们，他们在村子里无援无助，在人们的鄙视和嘲笑声中讨日子过活。

我不会，也不能在那些人中间生活。于是，在我和罗马斯离别的那天，我把我所有苦恼的思想都讲给他听了。

"这是您过早下的结论。"他以责备的口吻说。

"如果已经得出了这种结论，那有什么办法呢？"

"不正确的结论！那是毫无根据的。"

他久久地好言好语劝说我，想要使我相信我的想法是不对的，是我错了。

"您别急于谴责人家嘛！谴责人是件最容易的事，您别热衷于这样做。看待一切要冷静，要记住一点：一切都会过去的，一切都是向好的方面转变的。慢了吗？慢点但很牢靠！请您到处去看一看，对一切都体验体验，要做个大无畏的人，但是切莫急于指责他人。好朋友，再见吧！"

再次相见，已是十五年之后，罗马斯因"民权派"[①]案件又在雅库特省服了十年流刑之后回来，在塞德列茨实现的。

他离开克拉斯诺维多沃村后，我苦闷极了，仿佛有块铅注进了我的心头。我又像一只失去主人的狗崽在村里焦躁地走来走去。我跟巴里诺夫一块儿到各个乡村去给富裕的农民干活儿——打谷、挖土豆、清理果园。我住在巴里诺夫的澡堂里。

"列克谢·马克西美奇，你这个光杆司令，想个办法吧，啊？"在一个雨夜他问我道，"咱们走，好吗？明天到海上去？真的！待在

---

① "民权派"是俄国的一个小资产阶级政党，1893年由地方知识分子和老民粹派分子组成。1894年民权派主要分子被沙皇的警察全部逮捕。

这里有什么意思？这里的人都不喜欢咱们这种人。再说，说不定会遭到那些醉鬼的毒手呢……"

巴里诺夫不是头一回提起这件事了。不知为什么他也是闷闷不乐的，他那双猿猴似的长臂无力地垂着，他仿佛在森林里迷了路似的，忧郁地向四处张望。

大雨抽打着澡堂的窗户，绵绵不断的雨水冲刷着澡堂的屋角，湍湍流到山沟里。苍白色的闪电不时无力地闪着光，那是当年最后一场雷雨了。巴里诺夫轻声问道：

"咱们走吧，明天，好吗？"

我们启程了。

秋夜在伏尔加河上航行，无法描述有多么惬意。我坐在驳船船尾的舵盘旁边，掌舵的人是一个头发浓密乱蓬蓬的怪物，脑袋特别大。他一面掌舵，一面用沉重的双脚在甲板上跺着，深深地喘着气：

"噢——呜啵！……噢——嘞——呜……"

船尾后面是一望无际的黑魆魆的河水，绸缎似的奔流，发出轻轻的水流声。河面上空，飘浮着乌黑的秋云。周围只有夜色在缓缓蠕动，黑暗蒙住了河岸，似乎整个大地融化在黑暗中，变成了一片烟雾和流浆，流浆源源不断地向下流动，流到那不可知、有日月星辰的、荒漠得无声无息的空间。

前方，在那湿漉漉的黑雾中，一艘看不见的拖轮，仿佛要挣脱强大拉力似的，困难地喘息着挣扎前进。拖轮上有三盏灯——两盏贴近水面上方，一盏悬在那两盏灯的高高上空——那些灯在护送它航行。靠近我这边的乌云底下，还有四盏灯像金色的鲫鱼似的在游动，其中一盏是我们驳船上的桅灯。

我觉得，仿佛自己被禁锢在一个冰冷的油泡里，油泡顺着一个斜面慢慢滑动着，我则像粘在它上面的一只蚋。我感到油泡的滑动速度渐渐在放慢，快要完全停止了——汽轮不再发出嘟嘟声，它的轮叶也不再拍击河水。所有的声响犹如叶子从树上吹落下来，或像粉笔字被擦掉那样消逝了，静止和沉寂阴森森地包围着我。

那个在船舵旁边走来走去的大个子，身穿破羊皮袄，头戴毛茸茸的羊皮帽，此刻像永远中了魔法似的一动不动地站着，不再吼叫"噢嘞——啵！噢——呜尔"了……

我问他道：

"怎样称呼你呢？"

"你要知道这个干吗？"他低沉地回答说。

太阳落山时，轮船从喀山一开航，我就注意到这个人的行动笨拙得像熊一样，他那毛发丛生的脸上，眼睛小得都看不见了。他站在船舵跟前，把一瓶伏特加酒倒进木勺子里，像喝水似的两口就把酒喝光了，用一只苹果送酒。拖轮拖拉驳船时，他抓住舵杆，向红彤彤的落日望了一眼，晃了一下脑袋，严肃地说道：

"上帝为我们祝福吧！"

轮船拖着四艘驳船从日涅戈罗德市场往阿斯特拉罕航行，驳船满载着铁器、糖桶以及一些沉重的木箱。所有那些货物全都要运到波斯去。巴里诺夫用脚碰了碰木箱，用鼻子嗅了嗅，思考片刻后说道：

"保准是枪，伊日夫斯基厂生产的……"

可是，舵手用拳头朝他肚子上擂了一下，问道：

"关你什么事？"

"这是我自己在想……"

"你是想挨耳光吗？"

坐客轮旅行，我们无钱买票，他们"出于慈悲"让我们上了运货的驳船，虽然我们跟水手们一样要"值班"，但驳船上所有的人都把我们看成是乞丐。

"你还常常谈什么人民呢，"巴里诺夫责备我道，"简单得很，谁有钱，谁就可以让别人服从他的意志……"

黑暗浓厚得看不到船体，只能看到由桅灯照亮的、黑色烟雾映衬出的桅杆尖。烟雾散发出石油的气味。

舵手那令人难堪的沉默使我气恼不已。我被水手长派到船舵上"值班"，做那个野蛮人的助手。他注视着前面灯光的动向，拐弯时，他小声对我说：

"喂，掌舵！"

我跳起身，转动着舵杆。

"行了。"他嘟哝着。

我又坐到了甲板上。想跟那个人聊聊，但未能成功。他用问话来回答：

"你问这干什么？"

他在想些什么呢？我们经由卡马河黄澄澄的河水转进伏尔加河钢灰色洪流的河口时，他望着北方，嘟哝了一句：

"混蛋！"

"谁是混蛋？"

他没有回答。

远方那黑暗的深渊里，狗在哀号吠叫，提醒人们还有一些尚未被黑暗粉碎的残留生命存在。这使人觉得一切的一切遥远得不可及，遥远得毫无用处。

"这里的狗都很赖皮。"船舵旁的那个人突然说道。

"这里,是指什么地方?"

"到处都是。我们那里的狗才是真正的野兽……"

"你是什么地方的人?"

"我是沃洛格达人。"

像土豆从破袋子里挤出来似的,他吃力地说出一些平淡无味的话:

"谁跟你在一起,是你叔叔吗?我看,他是个傻瓜。我的一个叔叔是个很有头脑的人。他很凶,是个财主。在辛比尔斯克,他经营一个码头,还在岸上开了一个旅店。"

那个人好像费了很大的力气才慢吞吞地说出那些话语,黑暗中他那看不见的眼睛盯住轮船上的桅灯,注视灯光像金蜘蛛似的在夜色的罗网中爬动。

"掌稳舵,喂……你识字吗?你知不知道法律是谁写的?"

他没有等我的回答,便继续说道:

"说法不一,一些人说是沙皇写的,另一些人说是大主教,是参政院。要是我确实知道是谁写的话,我就会去找他,对他说:你要把法律写得不仅是不让我打人,甚至连手也不准抬起来才对呢!法律应该是铁定的,像一把铁锁把我的心给锁住,那就万事大吉了!那样我担保不会犯法!可是现在这样,我担保不了!不能担保。"

他一面用拳头敲着木舵杆,一面不断地自言自语着,声音越来越低,话越来越不连贯了。

有人在轮船上对着话筒喊话,他那低沉的声音,被深沉的黑夜吞噬了,就像狗的吠叫哀号一样是多余的。灯火的反光像一朵朵黄色的油渍,在轮船两舷旁黑色的水面上忽闪移动,它们无力照亮任何东西,在融化着。饱含水分的乌云非常浓重,宛如河里的淤泥,在我们的上方流动。我们越来越深地滑进那无声无息的黑暗深渊。

舵手愁眉苦脸地埋怨道:

"把我搞到了什么地步?我的心都不跳了……"

冷漠和令人寒心的忧愁袭上我的心头。我真想睡觉。

苍白微弱不见阳光的黎明,费力透过乌云,小心翼翼地悄然来临了。黎明将河水染成了铅灰色,河的两岸显现出黄色的灌木林,铁锈色的松树和深色的枝叶,成排的木头农舍,还有石雕似的庄稼人的身影。一只鸥鸟扑打着弯弯的翅膀,在驳船的上空飞过。

我和那个舵手被人换下班来,我钻进帆布下面立刻就睡着了,但是很快(我这样觉得)就被沉重的脚步声和喊叫声惊醒了。我从帆布下面伸出脑袋,看到三个水手把舵手按压在"办公舱"的舱壁上,用各种声音喊叫:

"彼得鲁哈,别这样!"

"上帝保佑你,不会有什么的!"

"你呀,何苦呢!"

他双手交叉,手指抓住自己的肩膀,平静地站着,一只脚踩住掉在甲板上的一个包袱,目光来回地扫视每一个人,用嘶哑的声音说服大家:

"别让我去犯罪吧!"

他光着脚,没有戴帽子,只穿着衬衫和裤子,头上撅起一团蓬乱的黑头发,头发垂到他那凸出的固执的前额上,额头下可以看到一双鼹鼠似的充血的小眼睛,那双眼睛惶恐而又哀求地望着人。

"你会淹死的!"人们对他说。

"我?绝对不会。兄弟们,请你们放开我吧!要是不放我走,我会杀死他的!一到辛比尔斯克,我就会……"

"你别这样!"

"唉,好兄弟们……"

他慢慢伸展开双臂,跪了下来,两臂贴在"办公舱"的壁上,仿佛被钉在十字架上似的,他重复道:

"让我逃走,避免这桩罪孽吧!"

他那深沉得奇特的声音里,具有某种震撼人心的东西,他那摊开的长得像桨似的双臂在打战,掌心向着人们。他那熊一般的胡子拉碴的脸在抽搐,鼹鼠般的细小眼睛里鼓出一双黑色的小眼珠,好像有一只看不见的手掐住了他的喉咙,要把他掐死似的。

汉子们默默地在他面前让出一条路来,他笨拙地站起身,提起包袱说道:

"这就对了,谢谢你们!"

他走到船舷边,动作出乎意外的敏捷,猛地一下跳进河里。我也奔向船舷,看见彼得鲁哈摇晃着脑袋,把他的包袱像戴帽子似的顶在头上,斜穿水流向沙岸游去。那儿,有一片丛林,丛林被风吹得向下弯曲,往河里撒着纷纷扬扬的黄色落叶。

汉子们说道:

"他还是控制住自己了!"

我问道:

"他,发疯了吗?"

"怎么是发疯呢？没有，他是为了拯救灵魂……"

彼得鲁哈游到了水浅的地方，在水位齐胸的地方站住脚，举起包袱往头的上方挥动了一下。

水手们叫喊起来：

"再——见！"

有个人问道：

"他没有身份证怎么办呢？"

一个棕红色头发、长着一双罗圈腿的水手乐意地告诉我说：

"他的一个叔叔住在辛比尔斯克，对他做了许多恶事，使他破了产，因此他想杀死那个叔叔，可是他自己又心生怜悯，于是躲开这次杀人罪孽。那个汉子很野蛮，不过，他的心地是善良的！他是个好人……"

那个好汉已经到了一条狭窄的沙滩上，往伏尔加河上游的方向走去。瞧，他的身影消失在丛林里了。

水手们原来都是善良的小伙子，他们全是我的同乡，是世世代代的伏尔加河流域的人；到了傍晚，我觉得，我在他们中间已是个自己人了。可是第二天，我发现他们怀疑地阴森森地望着我。我马上猜到了，那是巴里诺夫饶舌的缘故，不知好幻想的他对水手们讲了些什么话。

"你讲了什么吗？"

他那女人似的眼睛微笑着，不好意思地搔着耳朵根，承认道：

"讲了一点儿！"

"我不是求你不要乱说什么话吗？"

"我是一直没有吭声的呀，可是那件不平常的事实在太有趣了。"

大伙儿本来想打牌的,可是那个掌舵的把牌拿走了。闷得慌!于是我就……"

我详细询问后,才知道巴里诺夫为了解闷,胡编了一个很有趣的故事,故事的结尾是霍霍尔和我像古代的斯堪的纳维亚的海盗那样,拿着斧头与一群农民互相砍杀。

生巴里诺夫的气是毫无用处的,因为他看到的真理都是超现实的。有一次,我同他一块儿在寻找活儿的路上,我们坐在山沟边的田野里,他深信不疑而又亲切地开导我说:

"真理要按自己的心意去选择!瞧,山沟那边放牧着一群羊,狗在跑来跑去,牧人也在走来走去,嗯,那怎么样呢?从这件事中,咱们能使心灵享受到什么呢?亲爱的,你随便看上一眼:看到的是凶恶的人,这就是真理,而善良的人在哪里呢?善良的人,我们还没有想出来呢,是啊!"

船一到辛比尔斯克,水手们很不客气地叫我们离开驳船上岸去。

"你们这种人对我们不合适。"他们说道。

他们用小船把我们送到辛比尔斯克码头,我们在岸上晒干了衣服,衣兜里只有三十七个戈比。

我们到小馆子里去喝了茶。

"咱们怎么办呢?"

巴里诺夫坚定地说道:

"你怎么说'怎么办呢'?应该继续走啊。"

我们当"野兔"①乘客轮到达萨马拉。在萨马拉,我们受雇到驳船

---

① 俄国人把逃票乘坐火车、轮船等交通工具的人称为"野兔"。

上干活儿,过了七天,几乎很顺利地航行到了里海海岸。在那里的卡尔梅克人的肮脏的卡班库尔—巴伊渔场上,我们在一个不大的渔民劳动合作组里找到了工作。

出品人：许　永
出版统筹：林园林
责任编辑：许宗华
特邀编辑：李嘉木
封面设计：张传营
印制总监：蒋　波
发行总监：田峰峥

发　　行：北京创美汇品图书有限公司
发行热线：010-59799930
投稿信箱：cmsdbj@163.com

官方微博

微信公众号